九歌文庫 766

放一座山在心中

蕭蕭——著

目錄

輯四　社頭逐鹿情

推薦的話：

朝興村的旗手

——關於蕭蕭如何放一座山在心中

康原

朝興村是社頭的一個小村莊，一位喜歡看大太陽的蕭姓農夫，在一九四七年生下一個小男孩，命名為「水順」。這個名字，或許，是因為種田人，希望水路能通順，才不必祈雨而看天吃飯吧！後來蕭水順進入朝興國小讀書，這位瘦弱的小男孩，被學校選為升旗手，常穿著印有「中美合作、淨重二十」的內衣褲升旗，有一本《穿內褲的旗手》記錄著這段帶點辛酸的往事；國小畢業後考上員林中學，與林勝利、黃榮村同班（隔壁班有名人林重謨），畢業後又進入輔仁大學就讀，輔大期間與陳芳明創立了水晶詩社，繼續其詩人志業。師大國文研究所畢業後，又回鄉下教書。幾年後離開家鄉到台北任教，先後在景美女中、北一女中、南山高中、東吳大學、真理大學教書。這兩年又轉回彰化明道管理學院中文系講授台灣文學。

「水順」為了發展詩人志業取了筆名「蕭蕭」，我還為他寫了一段台語打油詩似的繞口令〈社頭人姓蕭〉：

社頭人攏姓蕭，姓蕭的詩人叫蕭蕭，
蕭蕭噴洞簫，洞簫號通宵，通宵眞美妙。
美妙的洞簫聲乎人心肝比卜跳，
跳甲社頭人蕭了了（肖了了）。

蕭蕭除了寫詩之外，評論詩、教現代詩，還在報紙上寫測字的專欄，為人訴說命運指點迷津，做一位關懷世人的解字詩人，真佩服他專精的「説文解字」功力，能運用來解讀實際的人生際遇。

搬到台北生活的蕭蕭，在暖暖買了一棟房子，陶醉於暖暖的秀麗山水後，寫了一本《暖暖壺穴詩》來介紹暖暖，在送給我的書扉頁上寫著「出外人必也要發現他鄉之美，否則何以自存？」那種熱愛土地的情感，都表現在此書的扉頁中；閱讀這本書籍時，被其真摯的詩情感動了，令人想跑去親睹暖暖的面目。最近蕭蕭返回社頭撰寫《放一座山在心中》，以前寫《來時路》、《父王・扁擔・來時路》是採用純散文的寫作風格，寫出作家對土地、家鄉、親人、友朋的情懷。而《放一座山在心中》是以報導文學的方式來抒寫，有社頭的人文關懷、山腳路的童年生活與歷史變遷、八卦山脈的旅遊景觀介紹、產業狀況……等。全書約一半寫社頭鄉，另外還寫了鄰近的員林、花壇、大村、田中、二水、田尾幾個鄉鎮的特產及景點。

社頭一帶，在歷史上屬於平埔族大武郡社活動的場域，有一首〈大武郡社捕鹿歌〉寫著：「今日歡會飲酒，明日及早捕鹿，回到社中，人人都要得鹿，將鹿易銀完餉，餉完再來會飲。」記錄著先民樂天知命的生活，漢人入墾約在清康熙年間，泉州的大墾戶施世榜及漳州蕭姓宗族及少數客籍人士紛紛入墾，但以蕭姓為主約占全鄉人口一半以上，至今還有「社頭肖（蕭）一半」之諺。

約在六〇年代，社頭染織業發達，盛產絲襪為全台之冠，傾銷全世界而獲「襪子王國」之雅譽，社頭留下了「剃頭婆看面水，社頭兄相大腿」之俗諺做見證，後因經濟低迷又紗價飛漲，而工廠外移，目前染織業已呈黃昏產業。而現在盛名的農產品有芭樂、龍眼、稻米、蔬菜等，這段歷史有詩人林沉默的詩為記：「……社頭庄，早當時，真水氣。做絲襪，紡機器。銷世界，過鹹水。現代天，種果子，世紀拔，有名氣。」

除了產業之外，社頭有幾處蕭姓的人文景觀：屬於蕭氏宗祠的蕭氏家廟、蕭氏祠堂、龍山祠、斗山祠。另外有劉姓宗祠：劉姓家廟、寧遠堂、團圓堂，分別供蕭、劉兩姓氏子孫祭祀及追遠。而清水岩風景區及長青自行車步道、月眉池……等名勝，在蕭蕭的筆下有聲、有色的呈現出來。

從《來時路》到《放一座山在心中》，蕭蕭有寫不盡的思鄉情懷，讀完《放一座山在心中》一定要來社頭走一趟，慢慢品嘗遊子返鄉的心路歷程，欣賞社頭的田園風光，到蕭氏的書山祠看那造型古樸的建築，讀一讀蕭家廂房窗上的對聯：「春遊芳草地，夏賞綠荷池；秋飲菊花酒，冬吟白雪詩。」感受詩人家鄉、先祖的風情、溫情與詩意，才知道詩人的詩意、溫情與風情，是來自哪一陣風，哪一片雲。

（康原先生，彰化文史工作者，曾任賴和紀念館館長。）

推薦的話：

蕭蕭情，故鄉事

王宗仁

每一滴水都嚮往大海，大海是水的家鄉。
每一隻鳥都嚮往天空，天空是鳥的家鄉。

——蕭蕭〈爸爸帶你回朝興村〉

當蕭蕭老師告訴我，他要出版一本介紹故鄉的書籍時，我心中是雀躍不已的——這樣一位溫厚的學者詩人，一定能將自己對於故里深切的情感，完美的展演在讀者眼前。

社頭鄉位於山麓西側，除了東面由八卦山迤邐而來的山脈外，其餘均屬平原，所以鄉內農作物頗多。走在社頭鄉裡，隨處都是滿眼的綠意，栽種著番石榴、白柚、龍眼、荔枝、甘蔗等農作物，而除了果樹與行道樹之外，社頭道路兩旁更有著寬廣無際的稻田。稻作一直以來都是社頭作物的大宗，我們可以從蕭蕭一系列的〈田間路〉組詩等作品中讀到秧苗、果樹、竹林、泥巴、阡陌、父親黝黑的肩膀等等，這些溫馨的「組件」不僅僅構築成了「詩」，更是社頭人記憶中等同於「生活」的共同影像。蕭蕭是道道地地生長在社頭鄉朝興村的農莊子弟，在這樣單純的生長環境下，養成了他純樸篤厚的性格與熱愛鄉土的特質。童年雖然生活窮困，但他並不因此而喪失鬥志，而在祖母的庇蔭與父母親的支持下，一路成長茁壯。在穿著內褲上學的困窘情形裡，在三餐吞番薯籤飯、蘿蔔乾的辛酸中，在颱風、大水不斷的驚悸下，他依然樂觀成長。在他的許多創作中，我們都可以聞到濃濃的家鄉味，以及摻和著對家人、土地的至愛氣息。

蕭蕭的創作已邁入四十載，出版過九十餘本著作——無論是新詩、散文，乃至於嚴謹的評論，他都能把握住遙吟俯暢的意趣，朗朗馳騁在寫作的道路上。除了致力創作之外，他更對鄉里懷抱著感恩的心。前一陣子和家人到社頭遊玩，並順道拜訪蕭蕭在社石路老家的三合院時，隔壁的老婦人們問明我們的來意後，便爭相讚許的說道：「水順仔從小就很乖，很用功，很會讀冊啦！」「水順仔有捐錢給朝興國小，蓋小朋友的遊樂場喔！」走入同位於社石路的朝興國小散步時，更有主動趨前問候的年輕老師，津津樂道的提及父執輩對蕭蕭的記憶、自己對蕭蕭的認識，以及蕭蕭書中對社頭點點滴滴的著墨。由此可見，蕭蕭善良、誠懇而且懂得感恩的人格特質已深植在鄉民的心中，由他來執筆這樣一本有關介紹故鄉的書籍，是最恰當不過的了。

有別於從前用散文與詩的表達方式，在《放一座山在心中》一書中，蕭蕭以報導文學的手法，除了書寫社頭的人文關懷，記錄歷史變遷的體認外，對於八卦山脈鄰近區域的旅遊景點，乃至於產業狀況等也都多所著墨，內容可以說是非常的豐富、多元。循著書中的介紹來到社頭，我們不但可以到清水岩寺的「春光亭」中小坐，欣賞彰化八景中「清水春光」的景致，在石頭公（泰和宮）繚繞的氤氳中膜拜，感受鄉間特有的虔誠氛圍，和親切的鄉民們閒聊有關當地的作物概況與人文軼事，在習習涼風中遠望八卦山溫婉的爬伏姿勢，親近漫山遍野的相思樹——這一切有關社頭的美好事物，在輕輕撫觸鄉間特有優閒風情的同時，也會讓人再一次想起蕭蕭作品中對故鄉的描摹與感懷。

為什麼農村是最純樸、最讓人感動的？為什麼泥土是最芬芳、最踏實的？有哪些美麗的景點是值得我們親自去探勘、享受的？又有哪些特產會讓人垂涎欲滴呢？來來來，跟著蕭蕭的導覽，來到八卦山，來到員林、花壇、大村、田中、二水、田尾，來到社頭，來到朝興村走一趟吧！這些富含人文氣息的農村景色、田園城鄉，會讓我們充分體認到台灣島旺盛的生命活力！

（王宗仁先生，詩人，任職彰化師大，並就讀玄奘大學中研所。）

輯一｜含羞草右側

童年，一直到青少年的時候，
我最喜歡站在圳溝邊
向著西面的稻田大喊幾聲：「啊～～～～」，
那時心中毫無憤懣，絕不孤單，
也沒想到要震撼詩人紀弦所說的，那淒厲已極的天地。
只是單純的發聲，單純的感知自己與宇宙
有那麼一點互動的可能，確認自己的生命確實存在。
那樣的叫聲，在廣漠的田野裡迅速消散，了無痕跡，
甚至於連圳溝旁白色的芒花也不曾搖一下頭，
更不用說那田裡的青蛙和蝌蚪。

含羞草右側

……打開車門，左腳一伸出去，我又縮了回來，我的左腳碰著了含羞草的右手，含羞草與我同時縮回了自己的腳和手。是近鄉情怯嗎？還是久年未遇的故友突然現身讓人措手不及？含羞草與我，同時一愣，同時一縮，同時一聲「啊」。

在一間小小的房間裡，一個個人私密的空間，或者就是雅致的書房，甚至還有一個雅致的名字，某某軒、某某齋之類，這時即使有大吼一聲的念頭，卻始終簡化為一記溫文嘆息而已，是的，就是怕那淒涼的回聲撞到自己的寂寞，自己寂寞的嘆息撞到牆壁又迴向自己，是會成為黃昏時失群的孤鳥那一聲聲的悲啼。

如果面對的是大海，或者田野，那就可以吼出心中的憤懣：「啊～～～～」沒有回音，沒有響聲，所有的「有」都在「空」之中蒸散了、消失了。這就是一種舒暢。然而，在都市中「求」生存的人知道這種舒暢嗎？記得這種舒暢嗎？

童年，一直到青少年的時候，我最喜歡站在圳溝邊向著西面的稻田大喊幾聲：「啊～～～～」，那時心中毫無憤懣，絕不孤單，也沒想到要震撼詩人紀弦所說的，那淒厲已極的天地。只是單純的發聲，單純的感知自己與宇宙有那麼一點互動的可能，確認自己的生命確實存在。那樣的叫聲，在廣漠的田野裡迅速消散，了無痕跡，甚至於連圳溝旁白色的芒花也不曾搖一下頭，更不用說那田裡的青蛙和蝌蚪。

然而，那樣「啊～～～～」的叫聲，那種「啊～～～～」聲以後的舒暢，爲什麼一直迴旋在我心中，一直在我心中一波一波綿綿擴展？

從一號省道北斗段二一六公里處向西轉進，立刻進入鄉間小道，兩三處聚落以後，菜園、蔗園、林園交互出現，這時，那「啊～～～～」的叫聲竟然在我心中逐漸響起，逐漸響亮，逐漸加快我的車速，那「啊～～～～」的叫聲、那車速，彷彿在跟自己少年時奔馳的身影比快，直到我進入這所莊園書院，還嗡嗡央央不息。

停好車，看看四周，我依然是在一片盎然綠色環擁中。「怎麼跑，你還是在田野裡。」小時候喜歡跑到爸爸的前面趕路，喜歡在田埂上、稻田裡奔馳，爸爸總是這麼說。停好車，看看四周，爸爸不在身邊。「怎麼跑，你還是在田野裡。」依稀還是爸爸調侃的語氣，無奈之中猶有莊子達觀的哲理，依稀，飄在自己的耳際。

我又回到可以大聲呼吸、大聲呼叫的田野了！

打開車門，左腳一伸出去，我又縮了回來，我的左腳碰著了含羞草的右手，含羞草與我同時縮回了自己的腳和手。是近鄉情怯嗎？還是久年未遇的故友突然現身讓人措手不及？含羞草與我，同時一愣，同時一縮，同時一聲「啊」。

含羞草右側，短促的一聲「啊」，讓我在今昔之間來回跑了不知多少遍。

是的，我確定了，我確定自己把車停在童年的右側。

莊園書院

……草的高度沒有稻子的高度高，我跑的速度卻也沒有少年時的速度快，這期間，有時間的因素，有海拔高度的不同，只是不知道看不見的時間改變了什麼？感受得到的海拔高度又改變了什麼？平地起高樓，田野中聳立的學府，又會改變什麼？這一次，我帶你到莊稼之地，莊園之中，你會思考什麼？

小時候曾經歪著腦袋想：社頭往西——是永靖、是田尾，是花卉的故鄉，美的王國——再往西，會是哪裡？會是什麼樣的景觀？一個更美的世界嗎？這一直是我心中惦念著的謎。年少時，腳踩腳踏車，追風逐雲，腳程往往只到田尾，好像順著八堡二圳的水路，從二水、田中，到田尾，再過去，竟是另一個水路，另一個天涯？

花壇、大村、員林，社頭、田中、二水，是由一三七縣道所貫串起來的鄉鎮，都在八卦山腳下，是由坡度百分之五十五降為百分之五的地區；山腳路以西的平原地勢，則與八堡圳水流流向趨近，二水是濁水溪灌入八堡圳的取水口，是由台地走向平原的最高點，沖積扇平原的扇柄所在，整個扇面從東南向西北傾斜，二水的海拔高度可以到八十五公尺以上，田中、社頭則在五十、四十五公尺之間，員林、大村的平均海拔已降為二十六公尺。不過，無論高低有多少差別，她們總是有山、有坡、有平原的鄉鎮。社頭往西，一三七縣道未經過的鄉鎮，都是平原，已無山坡，永靖、田尾如是，田尾以西，會是怎樣平坦的稻野、蔗田？

這一次，我直接從中山高速公路二二〇公里處「北斗埤頭交流道」下來，順著指標，來到彰化縣第三所大學——明道管理學院，矗立在平坦的稻野、蔗田之中，巍峨的一種存在。彰化的第一所大學是彰化師範大學，坐落在彰化市內，是中部重要培養師資的地方，只是不知道跟彰化地區結合的緊密度如何？明道管理學院卻選擇了一個人口只有十三萬的農業小鄉——埤頭，緊鄰田尾、北斗、溪州這樣的田疇鄉野，要從天然資源缺乏、工商業落後、藝文休憩等公共設施需求殷切的偏遠所在，期望能拓展出福國淑世的胸懷，淬煉成邁向國際化的專業信心。為了落實結合地方特色，推動區域建設的建校理想，明道管理學院以為可以將田尾鄉現有的傳統花卉市場，發展成精緻、專業的園藝設計；學校附近有田尾綿延一公里的公路花園，溪州、埤頭地區台糖廣漠的農用土地，現在正值全台休閒教育需求孔急的時候，應該朝景觀設計人才培育的方向努力，藉以提升地方產業競爭能力，所以設立了精緻農業學系、造園景觀學系、環境規劃暨設計研究所，全國首創，又能開啓地方發展契機，明道管理學院有其高瞻的眼光，也有親切的在地性，作為彰化子弟，我欣喜有這樣的一座大學矗立在田野中。

一所遠離都會喧囂的學府。一所導向莊園書院的大學。我站在教學大樓頂樓，望向東方，正對著八卦山、社頭，後面隱隱約約可以見到中央山脈，想起網站上學院籌辦人的理想：

明道學子沉浸在如莊園、如書院的優美校園中，
或倚欄沉思，或辯證抒懷，
或受業於朝夕孺慕的學者，
或辨惑於浩瀚廣博的書海。
明道人不但是術業有專攻的治學家，同時也是民族生機的關懷者；

明道人不但是圓通練達的企業家，同時也是優游藝術文史的品味者。

我終於知道，社頭以西，田尾以西，不僅是稻野，不僅是蔗田，田野中還聳立著一個高遠的夢。

從頂樓走回環校大道，一片綠油油的草原，好像讓我重回少年時奔馳的農田，草的高度沒有稻子的高度高，我跑的速度卻也沒有少年時的速度快，這期間，有時間的因素，有海拔高度的不同，只是不知道看不見的時間改變了什麼？感受得到的海拔高度又改變了什麼？

平地起高樓，田野中聳立的學府，又會改變什麼？

這一次，我帶你到莊稼之地，莊園之中，你會思考什麼？這思考終將也會改變一些什麼吧？

打開田野

……犁，不是我的手的延伸；鋤，不是我的手的延伸；鐮刀，也不是。我的手伸出去，握不住夕陽的餘暉，握不住泥土的香息，握不住揮汗收割的那一種淋漓。打不開田野，我有著打不開降落傘的恐慌。

朋友說：書跟降落傘一樣。

以詩的欣賞角度來看，我相信這是一句引人注意的話，而且，書與降落傘的屬性相距甚遠，就文學創作、譬喻使用而言，這是成功的造詞。總不能說：書跟雜誌一樣，這和臧叔叔跟陳伯伯一樣，蘋果跟梨一樣，一樣沒有創意。

爲什麼書跟降落傘一樣呢？——朋友笑著說：打開才有用啊！

否則，你有《唐詩三百首》，我也有，爲什麼你背得來李白的〈將進酒〉，我卻只能體會床前的明月光？你會從比興去解詩，我只能咿咿哦哦隨人開合？

「書跟降落傘一樣，打開才有用。」降落傘打不開，可能傷害生命；書不打開，是不是也會傷及自己的未來？

多悚然的話語！

週三的下午我沒課，戴上便帽，從校門口右轉再往南踅過去，那是往溪州的一條小路，西邊是我們明道的校園，東面卻是泥土的香息不斷旋繞而出的一大片綠野，這一塊是稻田，那一塊卻是甘蔗園，有時種著不同的菜蔬，有時閒閒長著野草，有時忽然平地造出了林，吐露著不同的泥土芬芳。週三下午，我不打開書，我試圖打開田野，窺探田野的生命。

可是我知道，我再無法打開田野，無法窺探田野的奧祕了！只有農夫才能打開田野，只有赤著腳，親吻著泥土的人才能打開田野，我早已不是農夫，早已不是農的傳人了！泥土對我來說，已經是堅硬的地殼——「地」球堅硬的頭「殼」，再也無法探測他的腦海想著什麼？再也看不清會有什麼樣的種子如何突破地表，掙出地表？再也不認識小嫩苗的手勢，興奮著什麼樣的信息？

我的義大利皮鞋踩在農地上，徒然增加泥土的硬度。

越來越癡肥的我的身軀踩在農田裡，徒然增加泥土的負荷。犁，不是我的手的延伸；鋤，不是我的手的延伸；鐮刀，也不是。我的手伸出去，握不住夕陽的餘暉，握不住泥土的香息，握不住揮汗收割的那一種淋漓。

打不開田野，我有著打不開降落傘的恐慌。

抬頭望著天的藍，卻有著愧對地之綠的悲哀。

迎著西南風，我慢慢走向開悟大樓。開悟？我心中悚然一驚，哪裡才是我開悟的所在？哪裡才是我的田野，可以鋤可以犁可以打開的田野？

坐在開悟大樓的草坪上，迎著西南風，我靜靜打開書。

蠡澤湖行船

……第一次見到蠡澤湖，波光的瀲灩，雲影的徘徊，柳枝與風的款擺，偶爾幾隻白鷺鷥的棲遲，一下子彷彿又帶我回到徐志摩的康河，彷彿康河裡晃漾著的水草又晃漾在我的眼前。從此，我從開悟大樓的二樓遠望她，從四樓俯視她，我在清晨五點時親近她，在夕暉餘照裡欣賞她。

十年前第一次見到康橋大學，在康河裡坐著撐篙船，我激動地流下眼淚。那時，還寫了一篇小文〈初見康橋〉記述當時的心境：

那樣的柳條，我在台灣曾經見過好多回，她們使常見的景物一下子變得曼妙而多情，使平凡的心境多了一些煙雲裊裊。那樣清澈的水流，我在五〇年代的員林柳溝，曾經划過小小的木船，笑過、傲過我高中時代小小的江湖。

即使是那最別致的長形撐篙船，那河身兩岸四季蔥翠的草坪，我不都已在三十年前徐志摩的散文中遇到好幾次了嗎？而徐志摩的浪漫情懷已經離我很遠了，柳條兒的細枝隨風款擺會再撩撥我初唐一般的詩興嗎？

爲什麼當我坐上撐篙船，穿過柳條，望著那麼一片無止境的草坪，竟然眼眶潤濕了起來？

那時，我不會知道十年後會在台灣的土地上重見那樣的情境。第一次見到蠡澤湖，波光的瀲灩，雲影的徘徊，柳枝與風的款擺，偶爾幾隻白鷺鷥的棲遲，一下子彷彿又帶我回到徐志摩的康河，彷彿康河裡晃漾著的水草又晃漾在我的眼前。從此，我從開悟大樓的二樓遠望她，從四樓俯視她，我在清晨五點時親近她，在夕暉餘照裡欣賞她。如果眼睛是靈魂之窗，那瀲灩的蠡澤湖當然是明道漾著天光的靈魂之眼，一天裡不看她幾回，竟然有著失落——或者說，失魂的感覺。

從學校西北角的宿舍，我一定要穿過整個校園，才能抵達研究室，每次我不讓自己錯過近距離孺慕蠡澤湖的機會，我刻意放慢腳步，放緩呼吸，放鬆心情，有時還放任自己坐在草地上，與她深深吐納聲息。

後來在學務長的指導下，我還划了船，慌慌亂亂，好像在浮世中尋找生路的人，我知道，還要多經幾次划槳練習，我才會是明道之士，有著開悟的一顆心，可以優游在水面上，一如優游在紅塵裡、優游在文學藝術的松風水韻中。

這樣的經驗好想跟親近的朋友共享。坐在綠茵上、柳條裡，本來就是人生幸事；坐在樹蔭下、和風中，又是另一種快意；坐在一葉扁舟裡，滑行水面，多少愉快不愉快的昨日事，都隨著水面上的漣漪盪向遙遠的天際，隨著遠天的白雲飄向無何有之鄉。

週四這天，我在南山的同事三十多位遠從台北來參訪明道，他們一直擔心我，一個接近孔子讀《易經》年歲的人，爲什麼選擇在高速公路上奔馳兩個多小時才能抵達的校園？汪校長在簡報中暢談 VISION、PASSION、ACTION 的建校精神，他們已經感受到年輕的生命活力，不停頷首；學校又安排他們走過大片草原，親臨蠡澤湖，划行小舟，歡呼、讚歎、嘖嘖連連，竟然沒有人再問起「爲什麼老師要選擇在高速公路上奔馳兩個多小時才能抵達的校園？」

我想，他們已經在沒有視野限制的綠茵中找到答案，在廣闊無邊的綠波裡尋得信息。當他們揮手說再見，我想，大部分愉悅的心是向著蠡澤湖和湖邊的細柳條揮手說再見的。

彩霞正滿天

……幾乎每天他也可以準時臨蒞，在西邊的雲天上，紅著雙頰，深情的注視。我喜歡夕陽無限的那種好。我喜歡晚霞正滿天的那種天。明道的西方雲天永遠是約會的好對象。

日正當中，用來形容一個人的年紀，或者形容一個人的事業，大概會受到許多人的歡迎。但是，日正當中卻很少出現在詩中、散文中，甚至於小說裡也十分罕見。

文學的創作必須顯示它的時空，特別是時間點何在，那就更爲重要了！以日本的俳句而言，一首俳句應該有十七個音節（十七個字），首行五個字，次行七個字，三行恢復爲五個字，這是基本的外在形式的要求。但特殊的是，俳句有一項奇異的規定：這十七個音節中，至少要有一個音節（一個字）足以顯示時間感。譬如出現「桃」字，讀者可以藉此判定這首詩抒發的是春季的感興；出現「螢火蟲」，可以判定是春夏之交的情事。這就是時間感的顯露。

小說也是這樣要求的。讀者想知道故事發生的時代背景，單一事件的時間點是在什麼樣的季節，什麼樣的時刻，凌晨或黃昏？有趣的是，以時代而言，小說的背景大都在亂世；以季節而言，偏愛春、秋二季；以時刻而言，黃昏、清晨或深夜，是小說家最喜歡讓故事衍展的時間；以人的一生來看，青春期情事、少年的衝動、老年的悔恨，都能引起小說家書寫的欲望。就性別而論，小說家的故事題材大都偏向女性，以女性的時間屬性來說，絕對不屬於「日正當中」。因此，如果我們要創作一篇「出人意料之外」的小說，不妨這樣開始：「夏天中午，一個中年男子走在延吉街上……」我相信結果應該是「入人意料之中」，看完這句開頭語，小說也被丟棄在一旁了。

日正當中是充滿了活力，但卻缺少一種溫潤的感覺。文學所要的是那種溫馨潤澤的情誼，人與人的溫馨潤澤，人與天的溫馨潤澤，人與物的溫馨潤澤。想起周夢蝶的詩〈約會〉：「高山流水欲聞此生能得幾回？／明日／我將重來；明日／不及待的明日／我將拈著話頭拈著我的未磨圓的詩句／重來。且飆願：至少至少也要先他一步／到達／約會的地點。」可愛的詩人心裡許著願，要比約會的人先他一步到達約會地點，可以跟他琢磨琢磨未圓的詩句。令人驚喜的是，周先生「謹以此詩持贈每日傍晚與我促膝密談的橋墩」，他約會的對象，促膝密談的那個人，就是橋墩。看來，周夢蝶要比約會的人早一步到達約會地點，是有點不可能了！這樣的約會，不就是一種人與物的溫馨潤澤嗎？

不為人知的，在明道校園，我也有一個固定的約會對象，我可以做到的是：我總比約會的人早一步到達約會地點，有時是樓頭，有時是湖畔，有時是開闊的草坪。幾乎每天他也可以準時臨蒞，在西邊的雲天上，紅著雙頰，深情的注視。

我喜歡夕陽無限的那種好。我喜歡晚霞正滿天的那種天。明道的西方雲天永遠是約會的好對象。

返鄉四唱

我在撿拾我留在草葉的露珠
我在巧遇我留在甘蔗田那一群鳴雀
我還在辨識　我留在天邊的雲和樹
你在哪一個小山崙
等待重逢的喜悅？

彰化寫詩的年輕朋友王宗仁、李長青知道我返鄉任教，聯袂到學校來看我，我帶他們參觀鰲澤湖，鰲澤湖的小船，鰲澤湖的白鷺鷥，鰲澤湖旁開闊的草坪，還在歐式小木屋裡翻閱了一些我收藏的新詩集。

之後，我帶他們參觀田尾公路花園，選擇了一家名爲「將園」的園藝中心用餐。「將」

者大也，後面有著開闊的園林，符合將字的意義，前方造景藝術傑出，人造水流自然浩蕩，不是一般涓涓細流小家子氣能夠與之匹敵。這種開闊的感覺，無邊無際的想望，其實就是從小我對彰化家鄉的永恆記憶。

就在前往將園途中，彰化縣文化局的黃小姐剛好打電話給我，期望我能寫四首返鄉小詩，作爲文化局應用在工藝器物上的補白。這時，我還浸淫在返鄉的幸福感中，徜徉在心靈完全舒展的寬廣場域裡，一口就答應了。

曾經浸潤我裸體的青春
曾經洗滌我十七歲受傷的靈魂
我尋找的那鄉音
那夢，都在
——都在南風中毫髮未損

返鄉的第一個感覺，其實是重聞鄉音的喜悅，老朋友相互探望，言談裡的人物、地名，總是那麼熟悉、親切，甚至於夢寐中常常出現的田野、溪流，雖然有些改易，總還是在我們熟悉的地方，一樣開闊，一樣可以讓我們的心靈無限舒放。

走踏千萬遍的鄉野田埂
睡夢中熟悉的呼喚聲
貪戀的南路鷹飆高的身影
爲什麼都在一粒飯香裡
讓我滴下淚滴？

有人說，近鄉情怯，我則是有「易感」的激動，走在田埂上，聞到的不論是清香或糞臭，總有眼眶潤濕的感覺。一大早斑鳩的叫聲，黃昏時灰面鵟的身影，我都有「我認識牠、我記得牠」的興奮，很想告訴誰，這是我熟悉的事物。可是又有誰眞能認得我言語中的那份激動？

穩穩的八卦山穩穩鎭坐著大佛
穩穩的大佛

穩穩鎮坐在我們心頭
三十七，四十七，五十七年了
花香、稻息，依然隱隱約約吹送芬芳瓜果

彰化人心中永遠相同的「鄉」，其實是八卦山與大佛，因此在這首小詩中，我以大佛穩坐心中代表鄉愁的永恆，而以花香、稻息、芬芳瓜果，代表農業彰化的永遠馨香，家鄉記憶的永遠馨香。

我在撿拾我留在草葉的露珠
我在巧遇我留在甘蔗田那一群鳴雀
我還在辨識　我留在天邊的雲和樹
你在哪一個小山崙
等待重逢的喜悅？

最後我以返鄉的幸福感，號召更多的人也能嚐受返鄉的喜悅，重逢知己，重逢舊交，就是人生絕大的幸福。這首詩顯示了空間的秩序感，從極近的身邊露珠，到遠處的鳴雀，天邊的雲和樹，都充滿著重逢的喜悅。你呢？歸期定在何時？何時享受重逢的幸福？

花田彰化

……記憶中最大的美學震撼是油麻菜籽一望無盡黃橙橙的黃，那是從八卦山腳，我家三合院的稻埕口，一直迤邐到天邊，夕陽之西，連接滿天彩霞的大地豔黃。所謂肆無忌憚，所謂潑辣，都不足以形容油麻菜籽的縱情，生命的無窮解放。

秋收冬藏，是農人循著大自然節奏所形成的生活秩序。秋天了，愉快地收割辛勤幾個月的成果，冬天一到，也好讓自己與大地一起休息。

冬天，記憶中最大的美學震撼是油麻菜籽一望無盡黃橙橙的黃，那是從八卦山腳，我家三合院的稻埕口，一直迤邐到天邊，夕陽之西，連接滿天彩霞的大地豔黃。所謂肆無忌憚，所謂潑辣，都不足以形容油麻菜籽的縱情，生命的無窮解放。

這樣的記憶隱藏在某個角落已經好久了，如今卻在年末的大村鄉農田間甦醒過來。

說到彰化大村鄉，每個人都會想到大村特產——舉世聞名的巨峰葡萄。只要經過縱貫線大村路段，就可以看到大朵大朵的陽傘下，一串串的葡萄以紫色的甜澀誘人。省道邊一位賣葡萄的老伯跟我說：大村鄉，很奇怪，縱貫公路的西邊盛產葡萄，東邊就是種不了葡萄。印象所及，眞的就像這位老先生所言，省道西側處處可見葡萄架、被柔軟的白紙所裹覆的累累的葡萄串；省道東側，山腳路以西，卻不是葡萄架、葡萄藤、葡萄葉、葡萄串的天下，要吃葡萄還眞需要穿過車來車往的縱貫公路，向西挺進。

但是，整個冬季裡，大村鄉東側的整片農田，果眞「東線無戰事」嗎？

當然不是。沿著台一線大村路段，任何一條往東的縣道、鄉道踅進去，不用五分鐘的車程，所有的眼睛、心靈，都會有欣欣然抵達荷蘭的喜悅。波斯菊、小油菊盛開，向日葵怒放，油麻菜籽放肆地展露自己，間雜著休耕農田的優閒寫意，紅一大塊，黃一大塊，紫與白又一大塊，純淨無辜的綠色間雜其中又一大塊。小時候最震撼的美學記憶，一大片單純的油麻菜籽的油黃，竟然一下子就抽換成這十公頃連綿的花田勝景，中年以後或者荷蘭以後的美學震撼。

花田彰化，我不由得想起彰化名家康原所寫的，鄉野人文與文學景致尋遊的專書《花田彰化》。他以「花田」兩字來籠括彰化的鄉野人文與文學景致，想來都是恰當的。大村鄉的波斯菊、向日葵，已經這樣炫人眼睛，撩人心靈，更不用說永靖、田尾的公路花園，溪州的花卉博覽會。而鄉野地文已經繁麗如此，鄉野人文又怎能不引人矚目？

至於文學景致，那就更是花團錦簇，令人目不暇給了：被人尊稱爲台灣新文學之父的賴和先生，就是彰化市人；台灣第一首新詩、第一篇小說的創作者，都是謝春木先生，他是舊屬二林郡的芳苑人。以明道學院所在的埤頭鄉，及其鄰近的鄉鎮來看文學花田：埤頭鄉原是書法大師杜忠誥的家鄉，如今又來了一位書法大師陳維德，在明道創設台灣唯一的國學研究所書法藝術碩士班；埤頭鄉東北角的北斗，曾經孕育詩人林亨泰、散文大家林文月；埤頭鄉東南側的溪州，則有務農而又憫農的兩位寫實主義詩人吳晟與詹澈。是什麼樣的風、月、水、土，醞釀出這樣的繁花盛景？

來，來彰化，就可以看到這樣的花田地文與人文。

來，來讀《花田彰化》，就知道這樣的花田地文與人文都躲在什麼樣的角落。

第一次甘蔗甜

……雖然窗外風大，我仍然輕輕推開鋁窗，一股淡淡的甘蔗甜氣撲鼻而來。這是想像的甜味嗎？為了確定香甜之氣真是由鼻腔而來，我深深再吸一口氣，深深確信陽光、空氣、土和水，它們在甘蔗的身上起過作用，甘蔗在這四個月裡，不再抽高自己，卻努力於將陽光、空氣、土和水醞釀為自己特有的香甜。

學期結束的最後一天，學校東側的大片甘蔗田正在採收，兩個農夫開著採蔗機，一路開進蔗田裡，原是兩百多公分高的甘蔗，就這樣被捲進機器裡，毫無蹤影。我從四樓高的研究室望出去，兩甲多的土地就像剪子推過的頭顱，平頭的區塊逐漸擴大，濃密的髮叢一叢一叢齊頭剷除，曾經與我共處四個月的甘蔗群就這樣消失在我眼中。說眞的，我是有著一點不捨的感覺，每次到研究室去，我總要在向東的窗口站上幾分鐘，瞭望這一大片田野，也許是由上往下望，不曾覺察甘蔗是否曾經長高過，好像一開始它們就這麼高，去年十月是這樣的高度，今年一月還是這樣的高度。如果眞是高度不變，那麼，這四個月的時間，陽光、空氣、土和水，難道在它們身上都不曾起過什麼作用嗎？如果曾經起過什麼作用，那到底又是什麼光景？

小時候，我們家門口也有鄰居種了一大片甘蔗，好像發覺甘蔗存在的時候，它們就有一個成人那麼高，什麼時候長高的？甘蔗似乎不願意讓人知道。長高了以後，那幾個月的時間它們又做了什麼？甘蔗似乎只在風來的時候，「咳咳咳」乾笑了幾聲而已，誰也無從知道長長的四個月「咳咳咳」又能咳出什麼？小時候的記憶已經渺茫，如今又在四樓的高度，「咳咳咳」的乾笑聲其實也聽得不甚明確。

小時候鄰居種的是紅甘蔗，視覺效果甚佳，常常引動口腹的慾望。我膽子小，只能憑想像享受甘蔗的甜味，不過，只憑想像卻也能讓口腔生津哩！紅甘蔗，就是平常我們食用的甘蔗，很快就可以聯想到「餔」甘蔗時汁液暢流的快感。如今在我眼前的甘蔗則是俗稱的白甘蔗，台糖公司用來熬煉爲砂糖的原料，層層蔗葉包覆著，比蘆葦胖的身軀，視覺上感受不到甜的滋味，倒是蔗葉的齒刻和茸毛，令人煩躁不安，是人就不太想接近。因此，即使面對一大片白甘蔗田，任誰也無法望蔗生甜，津生麗水。

甘蔗田，雖然近在眼前，我們卻不曾親近它。

如果親近甘蔗田，或許更能了解甘蔗之所以爲甜的原因吧！

至少，想像自己就在甜的原料田裡，那就是一種幸福。

雖然窗外風大，我仍然輕輕推開鋁窗，一股淡淡的甘蔗甜氣撲鼻而來。這是想像的甜味嗎？爲了確定香甜之氣眞是由鼻腔而來，我深深再吸一口氣，深深確信陽光、空氣、土和水，它們在甘蔗的身上起過作用，甘蔗在這四個月裡，不再抽高自己，卻努力於將陽光、空氣、土和水醞釀爲自己特有的香甜。

學期結束的最後一天，你眞的以爲我只在描述甘蔗田邊甜甜的香氣嗎？其實，我正在翻閱學生的新詩作品，四個月的陽光、空氣、土和水也讓他們的新詩有著淡淡的甜香，雖然還有一些泥土的澀味，還有蔗葉的齒刻和茸毛令人煩躁，但是，第一次甘蔗甜的喜悅，不能不讓人揚起眉梢哩！

六鵝事件

……也許，他只是讓鵝的羽毛的雪白與嘴喙的棗紅，醞釀出快雪時晴的心境；也許他只是欣賞水波的柔、鵝頸的柔、絨毛的柔，欣然讚歎老子的天下之至柔，可以「馳騁」天下之至堅，至柔到了無有可以「入」至堅之無間。

藍天之下，青草之上，綠水微波蕩漾，這樣的地方，依照色彩心理學的說法，已經足以讓人神為之而怡，心因之而曠。漫步其中，神遊其間，躺臥其上，世界要多寬廣就可以多寬廣。這是我在六、七點的清晨所親臨的明道校園、埤頭的鄉野平疇，那藍那綠，彷彿可以延伸到天涯的盡頭。

這時，一片使人定靜、舒坦的青綠色系裡，我一定會搜尋有時動有時不動、那六個熟悉的白點，他們不一定在草地上，不一定在蠡澤湖畔，有時比學生還勤快，早已在開悟大樓等待點頭，有時卻也疏懶，還在水澤邊梳理羽毛、逗逗友伴。我常想，只是六隻白鵝而已，卻已使得明道的草地另有一種朝氣，一種昂首向天的生命力美學。

即使下課休息，短短的十分鐘裡，偶爾我也會站在寬廣的陽台上眺望他們的身影，看見他們一家緩緩的六點白在俯仰，使我有著心安的感覺。

黃昏的時刻，我喜歡刻意走近他們，看他們搖頭晃腦漫步著，不急不徐，彷彿唐朝的詩翁；有時看他們在水面上漂著漂著，優閒自在，又好像莊周在天地間逍遙漫遊。我最常出神望著他們，試著揣摩王羲之的心境，到底他是從鵝的行走姿勢、還是游泳的姿勢裡，體會出自然才是美的神髓？或者從鵝頭的長昂短曲，領會到書寫的掌握端賴食指高鉤？還是從鵝以兩掌撥水，體悟到中指內鉤、小指輕貼無名指可以外拒的那種運筆的靈活？也許，他只是讓鵝的羽毛的雪白與嘴喙的棗紅，醞釀出快雪時晴的心境；也許他只是欣賞水波的柔、鵝頸的柔、絨毛的柔，欣然讚歎老子的天下之至柔，可以「馳騁」天下之至堅，至柔到了無有可以「入」至堅之無間。

這種毛筆才有的柔之力勁，我們的書法大師陳維德主任是不是也常在蠡澤湖邊默默以眼神追著六鵝探詢？

如果王羲之因爲觀察鵝，所以書法的筆勢飄若浮雲，那麼，觀察六鵝的陳主任會不會因而更加矯健，有如龍遊龍行？

我常想：草地上的白鵝，白鵝上下俯仰的長頸與左右擺動的肥臀，會激發什麼樣曼妙的意象，當陳主任揮毫的清晨？

我常在想：湖水上的白鵝，白鵝空中的紅額與水底的紅蹼，會引領什麼樣奇妙的美學，當陳主任運思轉腕那一霎時？

已經兩個月了，藍天之下，青草之上，綠波蕩漾的地方，我急急搜尋那六隻白鵝的身影，他們到底去了哪兒？我惶惑地追問「文學與人生」課堂上的學生：現實裡的白鵝與文學裡的白鵝，會有不同的命運嗎？我也向小說班的學生追問：你們會讓小說裡六隻可愛的白鵝憑空消失嗎？不會，他們都說不會。那，蠡澤湖畔的六隻白鵝到底去了哪兒？不知道，他們都說不知道。

他們是游進陳主任的點畫撇捺裡嗎？

或許，我們眞要到陳維德書法裡的橫豎與轉折之間才能看到他們的形影。或許，我們要在稍遠的距離，從那留白處才能發現白鵝的蹤跡。

如果你發現了那六隻白鵝的蹤影，請傳達我的思念之情。

輯二｜在海的中心呼喚咖啡

「花蛤的故鄉——海中漁場」，是建構在海中的兩座木屋，
漲潮時，人在木屋中，就像在海的中心，
完完全全被晃蕩的海水所包圍。
這時，台灣在海的東邊，夕陽在海的西側，
人，在無限的海的遼闊裡，心事可以揣入懷中慢慢琢磨，
可以遺留於陸地上任風追逐。
海中漁場供應簡餐和咖啡，
我們可以在海的中心呼喚咖啡，
在海的晃蕩裡，在海的遼闊中，
呼喚咖啡，而咖啡就來。

在海的中心呼喚咖啡

……一想到要坐著小竹筏，迎著浪去到海中央喝咖啡，我們衷心期待，盼望著漲潮的時候，海水環擁四周，咖啡的香氣與夕陽的紅，跟我們一起呼喚愛，那時，我們當然就在世界的中心。呼喚愛的人，當然就在世界的中心。

孩子跟我說起：《在世界的中心呼喚愛》這本小說，我沒有細察哪裡才是世界的中心，但折服於自承是「世界中心」的豪氣，讚歎著「呼喚愛」的勇氣。

漢人認爲漢族才是有文化的民族，其他各族不是胡，就是番；不是奴，就是隸；要不然也可以稱爲寇。閩南人移民到菲律賓去，提到「我們」這個詞語，說的是「咱人」（我們人），言下之意，我們是人，他們跟我們不一樣。台灣人說「咱人初五」，指的是陰曆初五，那西洋傳來的陽曆呢？應該不屬於「人」的曆法吧！原住民如何看待自己與他族呢？據知，泰雅族口中的「泰雅」就是「人」的意思，其他各族也有類近的想法。如此看來，哪裡才是世界中心？「我」之所在，就是世界中心啊！

「我」之所在，就是世界中心。聽起來，好像十分自傲，但未嘗不可以當作是自信滿滿的一種宣示。頗似佛祖降世，一手指天，一手指地：「天上地下，唯我獨尊」那種氣概。所以我欣賞《在世界的中心呼喚愛》那種生死與之的轟轟烈烈的愛。人雖不能至，但心總可以嚮往之吧！

因此，當「花蛤的故鄉——海中漁場」主人以他的轎車載送我們，進入退潮後的海中，彷彿海水因爲我們的來到而分開，平平靜靜，遼遼闊闊，我們遠望著的是一片馴服的海，這時只有風在我們的身邊掀翻著衣服呼嘯，顯示它的存在。這時我的確有「在世界的中心」那種感覺，的確有「呼喚」的衝動。

「花蛤的故鄉——海中漁場」是建構在海中的兩座木屋，漲潮時，人在木屋中，就像在海的中心，完完全全被晃蕩的海水所包圍。這時，台灣在海的東邊，夕陽在海的西側，人，在無限的海的遼闊裡，心事可以揣入懷中慢慢琢磨，可以遺留於陸地上任風追逐。海中漁場供應簡餐和咖啡，我們可以在海的中心呼喚咖啡，在海的晃蕩裡，在海的遼闊中，呼喚咖啡，而咖啡就來。海中漁場的員工也會帶著客人進入海中摸蛤、取蚵、釣魚、賞魚，四面望去，四面都是海，海在呼喚我們，而我們也眞的就在海的晃蕩裡，在海的遼闊中。

「在海的中心呼喚咖啡」，心嚮往之，而人亦可以至，「花蛤的故鄉——海中漁場」就在台十七號公路芳苑路段四十七公里處，聞著海風的鹹味，趦向西方，行駛約兩公里遇到堤防，登上堤防，走入海中，離岸一公里外那就是花蛤的故鄉，台灣唯一可以進入海中，在木屋裡喝咖啡的漁場。

如果去的時候，適逢漲潮，會有小竹筏渡著我們，或者蹦蹦車載著我們，迎著浪去到海中央。去到海中央，可以牽罟捕魚、箱網撈魚，可以淺灘摸貝、深水尋蛤，可以坐看海天一色、忘懷心事萬萬千千。

一想到要坐著小竹筏，迎著浪去到海中央喝咖啡，我們衷心期待，盼望著漲潮的時候，海水環擁四周，咖啡的香氣與夕陽的紅，跟我們一起呼喚愛，那時，我們當然就在世界的中心。

呼喚愛的人，當然就在世界的中心。

蚵殼渴刻

……把玩有些醜陋的蚵殼，他在想如何給它添加一些驚喜。琺瑯質？還是紙黏土？甚至於完成蚵殼黏製的鷺鷥，他的太太也跟著想：要讓鷺鷥站在什麼樣的海波石上面，或者是不規則的漂流木？或者夫妻一起想：怎樣將歲月烙在爸爸臉上的悲歡，轉而烙在紙黏土的滄桑裡？

老實說，這次的題目本來要用「蚵畫人生」，「蚵畫人生」諧音「刻畫人生」，這是運用蚵殼創作，再生蚵殼生命，也再生自己藝術生命的藝術家余季，在地產投資、商場翻滾多年之後，在現實與藝術之間掙扎，在鄉土人物臉譜與希臘石膏神像之間，猶疑難決的時候，選擇以家鄉王功觸目可見的蚵殼，作爲生命反思的利器，在到處是蚵仔煎、蚵仔湯、蚵仔嗲的觀光小街，彌漫著海鹹的氣息、魚蝦的腥風中，所成立的一間工作室。他要以蚵殼去刻畫人生，要爲地方的產業注入文化的期求，要爲以「吃」爲重頭戲的台灣觀光事業注入藝術的品味。「蚵畫人生」就這樣成爲「王功小吃街」一個眼睛可以休息，嘴巴可以讚歎的地方。

余季回家了！一個藝術專科學校的高材生，浪蕩商界，終於又回到他藝術的老家。一個習西畫，旅居紐約多年的藝術家，終於又回到他蚵殼堆積如山的濱海小鎮。一個離鄉三十多年的遊子，終於又回到他老爸的眼前，呼喚就可以聽到的音波裡。余季眞的回到自己的家。

拿起有點腥臭的蚵殼，他在想如何去除這樣的異味。弱酸？還是漂白劑？把玩有些醜陋的蚵殼，他在想如何給它添加一些驚喜。珐瑯質？還是紙黏土？甚至於完成蚵殼黏製的鷺鷥，他的太太也跟著想：要讓鷺鷥站在什麼樣的海波石上面，或者是不規則的漂流木？

或者夫妻一起想：怎樣將歲月烙在爸爸臉上的悲歡，轉而烙在紙黏土的滄桑裡？怎樣將海風的利刀，海浪的潤舌，海口人的粗獷膚色，一一依賴這面皺摺那面滑亮的牡蠣殼？

余季眞的回到自己的家。幼時視之爲糞土的牡蠣殼，鄉人視之爲垃圾的漂流木，他眞的珍視。蚵田的生態，家鄉的財富；蚵肉的肥滋，眾人的口福；蚵殼兼具的粗糙與細緻，何嘗不是上帝的恩寵？余季眞的珍視。珍視，是回家的人常有的品德。

所以余季說這是蚵畫人生。蚵在刻畫人的一生。

但是，反過來思考，如果我是蚵，我要如何面對我曾經住過的家？棄之街頭，堆之成山？我要如何面對我的蚵殼？蚵殼要如何像余季一樣眞正回到家？

蚵殼渴刻，可能就是蚵殼眞正的渴望了！蚵殼盼望回到家的余季爲他們雕出新的生命，那才是回到家的永遠安舒。

手上拿著淨化後的蚵殼，我彷彿看到蚵殼內心的風景。

詩人高克多像貝殼一樣的耳朵，可以聽到海的音響，我彷彿也可以看到蚵殼內心渴望的風景，在王功，一個靠海的小鎭。

在王功，一個靠海的小鎭，蚵殼期待余季，我們期待余季的藝術季。

漂流木

……這樣宏偉的地景藝術，不在冬日親臨海風颯颯的防風林外，又如何想像那種海闊天空的蒼茫？就好像李錫奇的金門碉堡藝術，如果沒有砲聲隆隆的耳邊遺音，心中豈能有巨大的震撼？就好像席慕蓉的蒙古草原，若是缺少了馬的嘶鳴，也不過是三角公園的一塊草坪而已。

漂流木是山海畸戀最佳的見證。一棵小樹苗如何在山中搏鬥風雨數十年而後成爲一棵大樹，這樣長的時間，可能是人類歷史中一個朝代的興亡變遷；一棵大樹又因爲什麼樣不可知的原因，從空中倒臥在樹枝與草葉綠色的血泊裡，這是人類情愛受創的另一種淒厲；然後，這棵大木頭還要經歷土石亂流，才有可能被沖入河道中，相當於人類社會裡隨時都可能發生的，東亞、南亞的地震、海嘯；最後還受到激流的沖刷，岩石的刻刮，溪洲水草的拉扯，傷痕累累，而後投入鹹濃大海的懷抱，忍受生命最後的浸蝕、飄蕩。見證山與海的一段黃昏畸戀，人類命運的永世滄桑。

每次見到漂流木，自有一股滄桑、淒涼的感覺，彷彿在幾秒鐘的時間裡，飽讀了生命共同的苦難。

據說颱風之後，彰化濱海地區往往是漂流木迅疾匯聚的地方，來自雪山、大霸尖山，或者玉山的深山林內，濁水溪或者大甲溪、大安溪暴漲的急流裡。只是這樣的颱風夜，我們在遙遠的都城，兩百公里的路程之外，平安的家屋；這樣洶湧的浪邊，即使有堤防，我們也不敢進前，我們提防得很早、很遠。

對於漂流木的悸動，一直存在想像裡，也只是一直存在想像裡而已。

但是，我欣賞過藝術大師謝里法以漂流木爲主體的地景藝術，這樣的藝術品當然要放置在芳苑海邊，福寶溼地，地上鋪放蚵殼粉末，閃爍著鈣質的光。不過，矗立的漂流木到底要回憶「木」在山林中的挺拔，還是抒放自己成爲「漂流」的優游之姿？謝里法要給我們什麼樣的想像空間？

懸置空中，模擬漂流？

或者固著地上，懷想過去？

甚或是放生海邊，若即若離？

其實，這樣宏偉的地景藝術，不在冬日親臨海風颯颯的防風林外，又如何想像那種海闊天空的蒼茫？就好像李錫奇的金門碉堡藝術，如果沒有砲聲隆隆的耳邊遺音，心中豈能有巨大的震撼？就好像席慕蓉的蒙古草原，若是缺少了馬的嘶鳴，也不過是三角公園的一塊草坪而已。

《花田彰化》的寫作者康原，就生長在天蒼蒼、海茫茫的彰化海濱，他帶著我從明道學院左轉，十二公里的路程就到了他生長的海邊。很難想像力勁那麼強的海風裡，如何醞釀花田那樣柔膩的文學心思？

我說，我想要一塊漂流木布置研究室，那是一個山邊的人對離散親人的渴望。他一轉方向盤，就帶我來到王功地標——高三十七．四公尺的王功燈塔，八角形黑白直條紋相間的造型，醒目在藍色的海邊，彈塗魚、招潮蟹匆匆忙忙在堤防外，我一眼就看見靜靜躺臥在彈塗魚、招潮蟹匆急步伐下的漂流木，好像等候我好些年歲的山邊親人。就是他！就是他！我就這樣帶回一塊滄桑的漂流木，放在研究室門口，讓每個來訪的朋友先體會自然的滄桑，因而珍惜文學與人生的溫馨。

輯三｜八卦，創始我的天地

《易經・繫辭》裡提到的八卦，說古代伏犧氏統治天下的時候，
抬起頭來觀察天象，低下頭去觀察地理，觀察鳥獸的紋路，
了解什麼樣的土地適合養什麼樣的動物，
近的就從自己本身探索起，遠的則觀察外物，
因而製作了世界上最早的八卦，
用來通曉天地神明不可測的德行，
用來類近萬物不易了解的實情。
這樣的八卦，不也就是文學家的八卦？
文學家就是要「仰則觀象於天，
俯則觀法於地，觀鳥獸之文與地之宜，近取諸身，遠取諸物」，
然後才能「通神明之德，類萬物之情」。這就是文學家的八卦。

八卦，創始我的天地

……一提到《易經》的八卦，大家會想到「乾坤震巽坎離艮兑」八個字，我喜歡對應這八個字的八種自然現象：「天地雷風水火山澤」，這才是文學家書寫的對象，文學家的八卦。——這八卦，真的就是創始我的天地的八卦。——這八卦，是我童年生活於八卦山腳下的自然現象，深深嵌入生命的內裡，形成伸向八方的生命八卦。

窺伺是人類最重要的本性之一，眼鏡、望遠鏡、放大鏡、顯微鏡的發明，就是最有力的明證。所以，說八卦，談八卦，誰不喜歡聽、不喜歡看？談起李白長安街上酒醉駕車的事件，總要比杜甫的茅屋被一陣秋風所破，來得引人動聽。如果說起杜牧，神祕性更多，誰還管李太白、桃太紅的故事？如果說杜牧「落魄江湖載酒行」，絕對不如說「楚腰纖細掌中輕」；誰喜歡聽他「十年一覺揚州夢」？要聽的是：如何「贏得青樓薄倖名」！

如果我說「八卦，創始我的天地」，很多人有興趣繼續看這篇文章，了解我的八卦。只是，我要說的八卦，不是社會上一般人說的八卦，而是《易經．繫辭》裡提到的八卦，說古代伏犧氏統治天下的時候，抬起頭來觀察天象，低下頭去觀察地理，觀察鳥獸的紋路，了解什麼樣的土地適合養什麼樣的動物，近的就從自己本身探索起，遠的則觀察外物，因而製作了世界上最早的八卦，用來通曉天地神明不可測的德行，用來類近萬物不易了解的實情。這樣的八卦，不也就是文學家的八卦？文學家就是要「仰則觀象於天，俯則觀法於地，觀鳥獸之文與地之宜，近取諸身，遠取諸物」，然後才能「通神明之德，類萬物之情」。這就是文學家的八卦。

一提到《易經》的八卦，大家會想到「乾坤震巽坎離艮兌」八個字。其實這也不是我要說的八卦，我喜歡對應這八個字的八種自然現象：「天地雷風水火山澤」，這才是文學家書寫的對象，文學家的八卦。——這八卦，真的就是創始我的天地的八卦。——這八卦，是我童年生活於八卦山腳下的自然現象，深深嵌入生命的內裡，形成伸向八方的生命八卦。

八卦山的天地雷風、水火山澤，是我生命的源頭。這其中不必然牽涉乾三連、坤六斷的玄祕哲學。四十年來的寫作，無非是寫土地，寫人性，寫自然的天、自然的地，身體內的雷、身體內的風，個性裡的水、個性裡的火，哲理黑屋中的山、哲理黑屋中的澤，形成生命的八卦，無形的八卦。

如果眞有人想去八卦山尋找有形的八卦，準會落空而返，因爲從來沒有哪個有道行的人士眞能在大自然的能量上再加能量。不過，爲什麼八卦山要以八卦爲名？據說是因爲八卦山地勢高聳、險要，歷代常以軍隊駐紮守衛，所以一般都稱之爲「定軍山」、「定寨山」，可惜陽剛氣太強，這時，剛好有人蓋了一座八角亭供人納涼，亭子八角，自然就叫八卦亭，當然也會有人想說，會不會是爲了鎭守整座山嶺（山靈）？這樣的想像空間留給喜歡八卦的人吧！

文學家的想像空間會在相思樹的光影裡閃爍，會在茄苳木的身影上求索，所以，八卦山西側的山坳、山徑，可以想見彰化賴和吟詩的背影，可以尋得社頭翁鬧思考羅漢腳的腳印，可以重溫二水王白淵美學的淵源、流向與漩渦，一路由北而南，傳唱不輟，那詩的身影，美的光影，繼續創始的文學的形與影。

江山易改，八景常變

……只是提供高速行駛的現代橋墩，豈容垂柳泛舟，臨晚西眺？更往西行，江山未大改，海陸的消長卻有了微細的變化，二十一世紀的鹿港，既無鹿奔馳，也無港行船，古蹟猶存，「飛帆」之景早已不可得了。美好的事物總是像飛帆一樣，容易在風中飛逝啊！

八卦山是從彰化市隆起的山脈，綿亙芬園、花壇、大村、員林，一直延續到我們社頭，向南，直到田中、二水、濁水溪畔。我們可以說中央山脈是台灣的脊梁，但不能延伸爲：「八卦山是彰化的脊梁」，因爲八卦山在彰化縣境的最東邊，彰化從八卦山逐漸緩降爲平原，而後傾向台灣海峽從西面出海。不過，可以用抽象的觀點說：「八卦山是彰化人的脊梁」，彰化人挺直頸項、挺直腰桿，內心裡一直有著八卦山的形影，以八卦山作爲精神的永遠指標。

八卦山脈中有三座岩寺齊名，其中兩座坐落在今天的彰化縣境內：花壇鄉的虎山岩與社頭鄉的清水岩，另一座是南投縣境草屯地區的「碧山岩」。八卦山、虎山岩、清水岩、碧山岩分別名列《彰化縣誌》（道光十年，一八三〇）選出的「彰邑八景」，稱爲「定寨望洋」、「虎岩聽竹」、「清水春光」、「碧山曙色」。彰邑八景，八卦山脈區域內就占有四景，八卦山的魅力可想而知。

彰化立縣極早，清朝雍正元年，彰化縣就已設治，轄區包括今天的彰化縣、南投縣、台中縣市，縣治就設在現今彰化市。所以《彰化縣誌》選出的「彰邑八景」：豐亭坐月、定寨望洋、虎巖聽竹、龍井觀泉、碧山曙色、清水春光、珠潭浮嶼、鹿港飛帆。其中「龍井觀泉」後來劃歸台中縣龍井鄉；「碧山曙色」就是三岩之一的碧山岩，劃歸南投草屯；「珠潭浮嶼」即南投縣魚池鄉的日月潭、光華島（現在恢復原名：Lalu島，是邵族人心中的聖山）。只有五景在今天的彰化縣境內：豐亭坐月、定寨望洋、虎巖聽竹、清水春光、鹿港飛帆。可惜，「豐亭坐月」今日也見不到了，這是指當時縣署後面建有豐樂亭，環境清幽，可以賞月，原是情侶約會的好地方，五〇年代頹圮荒廢，如今已經不知所終了。眞正值得欣賞的只剩四景：山線的八卦山、虎山岩、清水岩，海線的鹿港而已。所以，一九六二年，縣長呂世明指示彰化縣文獻會重新編印一套「彰化八景」，增添「卦山春曉」、「柳橋晚眺」、「王宮漁火」、「虹橋夕照」四景，合而爲八。

如果將彰化的觀光路線劃分爲山線、平原、海線，欣賞「彰化八景」可以如此規劃：

一、山線：

定寨望洋（八卦山），卦山春曉（八卦山），

虎巖聽竹（虎山岩），清水春光（清水岩）

二、平原：

柳橋晚眺（員林埔心間「柳橋」），虹橋夕照（溪州西螺大橋）

三、海線：

鹿港飛帆（鹿港），王宮漁火（王功）

但是，江山未改，八景已變。一九六二年至今也不過是四十多年，八景之一的「柳橋晚眺」早已不見了！現在整條柳溝沿岸已經架起七十六號連接道路，快速連接國道一號與三號，可以東繫草屯，西濱福興。只是提供高速行駛的現代橋墩，豈容垂柳泛舟，臨晚西

眺？更往西行，江山未大改，海陸的消長卻有了微細的變化，二十一世紀的鹿港，既無鹿奔馳，也無港行船，古蹟猶存，「飛帆」之景早已不可得了。美好的事物總是像飛帆一樣，容易在風中飛逝啊！

或許這就是爲什麼彰化人堅挺八卦山爲脊梁的緣故吧！在多變的社會裡，總還有一些該堅持的東西。

民俗台灣

……水族、蝴蝶、花卉、農作物的類別、成長，原野的趣味，泥土的氣息，失落的歡笑，都可以在這裡驚喜相見。……台灣，原住民文化是不可或缺的一環，石板屋、茅屋、靈屋等部落景觀，不同種族的服飾，展現台灣文化中的另一種豐富。民俗台灣，才是真正的台灣，就像白雲天等待我們重回。

台灣有許多遊樂區，可以讓我們大聲嘶吼，發洩精力與情緒；在花壇的台灣民俗村，其實也有這樣的功能。不同的是，她還可以讓我們重回台灣的歷史，重溫童年的美夢與歡欣。

十多年前，我曾帶著家父母前往，這也是爸爸生前我帶他們旅遊的最後一次，後來我再去，總會感傷流淚，不知道是想到老台灣的未來何去何從，還是想到再也無法牽著老爸爸的手東遊西遊？那一次，幾乎每一棟房舍、每一面牆，他們都駐足欣賞、感嘆，總會說：以前就是這樣，以前我們舊家就是這樣，以前莊腳人就是這樣。

如果帶的是少年孩童，雖然他們急著去遊樂場，去「未來的」台灣，不過，總要慢慢踱過台灣古茨這一區，總要經過「魚蛤摸撈區」、「九穗齋農作物展示館」，多少他們也可以藉機體會台灣曾經走過的坎坷路，父祖輩曾經經歷的滄桑史。

台灣新文化急速興起，相對的，台灣傳統文化也在急速凋零，因此，保存古蹟、古茨的呼聲越來越高；但是相對的，新興的都市文明又常以爲古蹟、古茨是歷史進步的絆腳石，亟欲除之而後快。如何在保留傳統與開創新局之間，找到一個平衡點？如何活化古蹟，讓古蹟、古茨能融入新世紀生活？大約是我們所應該思考的。

有時爲了新闢一條公路，有時所有權人想要跟上時代，古蹟拆除，也是命定的結局。這時，古蹟、古茨所拆卸下來的一磚一瓦，原該是具有歷史價値的古物，卻很可能一夕之間成爲廢棄物，送至垃圾場與一般垃圾同朽。所以，十多年前，台灣民俗村的主事者有鑑於此，造訪各地古蹟，建議原貌搬遷、復建，在花壇鄉灣雅村三芬路上的「民俗村」重現，爲保留台灣古建築而努力，成績斐然可觀，頗受重視。譬如，爲了興建捷運系統，台北市政府主動將檜木建築的北投火車站捐贈民俗村，站房屋頂上的八座氣窗完整無缺，爲台北淡水線鐵路留下歷史見證，也爲台灣東西方混合式的典型建築留下規模。

目前，「重現昨日．台灣建築」這一區，保有這些古茨：鹿港臨濮堂，彰化西河堂三合院，彰化隴西堂三合院，嘉義一條龍崇遠堂，澎湖蔡進士第，田尾竹管茨河南堂，斗六一條龍濟陽堂，北埔客家莊天水堂，鹿港不見天街，柳營別墅，北斗奠安宮。正身、護龍、亭子、土墼、竹管、磚瓦，各有特色。利用半天的時間在這兒逗留，空間上，可以見識到台灣各地古建築；時間上，可以參與清朝以降不同的歷史場景；感情上，能夠滿足懷舊的情懷；知性上，可以理解先民建築的特質與變遷。這是民俗村異於其他遊樂區的地方。

民俗村還有一處異於其他遊樂區，那就是「重現昨日．台灣民俗技藝」區。在這裡可以見到許多失傳的行業，甚至於年輕朋友想都沒有想到的民俗技藝，譬如彈棉花的棉被行，有拉有吹有打、熱烘烘的打鐵店，從木材到紙漿的製紙廠，如何沾染香粉的製香間，從樟樹到芬芳的樟腦寮，打穀的土礱房。或者是麵線間、竹藝間、製茶間、製糖間、製酒間、米粉間、烙畫間、醬油間、油車間，都是令人好奇、圍觀的地方。我還希望能繼續增設戲偶房、木桶間、織蓆室、補鍋坊……將台灣人的智慧一一搜羅，一一呈現。

如何拾回童眞？民俗村新闢「自然教育區」，水族、蝴蝶、花卉、農作物的類別、成長，原野的趣味，泥土的氣息，失落的歡笑，都可以在這裡驚喜相見。當然，走在時代前端的高空翻轉、雪山飛車、宇宙穿梭，屬於今天都市文明的科技，也是育樂的一部分，民俗村中也不可缺少這樣的尖叫。台灣，原住民文化是不可或缺的一環，石板屋、茅屋、靈屋等部落景觀，不同種族的服飾，展現台灣文化中的另一種豐富。這些文化都是歷史的累積，當然不是半天、一天可以看完，何妨來一回再一回，總要慢慢琢磨，慢慢回味。

民俗台灣，才是眞正的台灣，就像白雲天等待我們重回。

茄苳燈排

……元宵節晚上，鹽水射蜂炮，平溪放天燈，台東炸寒單，花壇迎燈排，簡稱為「南蜂炮，北天燈，東寒單，西燈排」，慶賀的方式截然不同，但都為台灣的天空綻放光彩，見證台灣人的智慧、設計的能力，多姿多彩。

政壇，烏煙瘴氣；文壇，不甚景氣；杏壇，太文言了，很多人搞不清楚是醫學界還是教育界，該開刀還是該開講，該打針還是該打氣？所以，不如來八卦山腳下的花壇行行氣吧！

花壇，舊稱「茄苳腳」，是因爲現今花壇村福延宮前南邊有茄苳老樹，蒼勁翠綠，所以拿這棵茄苳作爲地標，稱此地爲「茄苳腳」。乾隆末年，茄苳腳水利興修，可開墾的土地增廣，吸引更多的人入境定居，慢慢成為一個茄苳樹下的村莊，「茄苳腳」的名稱就這樣流傳下來。直到民國九年（一九二〇年），占領台灣的日本政府因為「茄苳」的台語發音，與日語「花」（ka）「壇」（dan）讀音相似，所以改稱「花壇」。錯誤的改名行動，沒有使花壇成為田尾、溪州一樣的花卉專業生產區，不過，現代人一談到「花壇」，總會說起咖啡廣告裡的「向日葵田」，多少也驗證「花壇」這樣的美名。我曾幻想，如果我是花壇鄉長，我要在縱貫公路花壇段的安全島上，全線遍植色彩繽紛的花卉，沒錯，我要所有人看見花壇、警覺花壇，因而想要認識花壇。

認識花壇，就從重要的古蹟虎山岩與文德宮開始吧！

從彰員路（就是我一直跟你提到的山腳路）南下，到花壇白沙村左轉虎山街東行，就可以到達岩竹村虎山岩。虎山岩創建於清乾隆十二年，清乾隆十二年離現在多遠，我們也許沒什麼概念，換算成西元，那是一七四七年，整整兩百年後，蕭蕭才誕生。蕭蕭是誰？在這篇文章裡不甚重要，但可以讓我們感覺清乾隆年間是很遙遠的年歲。虎山岩供奉觀音佛祖，村中父老傳言，虎山岩建地所在的山形，就像一隻臥虎，虎頭向東，虎的臉翻轉向北，前腳屈曲、伏臥，岩寺就建在臥虎的下顎到腹部處，西方所在則是臀部和尾巴。岩前兩棵老榕，覆蔭面積極廣，寺廟歷經二百多年歷史，仍保有古樸風貌，在在見證這是國家三級古蹟。虎山岩後方相思林蒼翠參天，據說這些相思樹不可砍伐，因爲伐樹的聲音可能驚醒虎神，人的靈魂會被吞噬，日據時期即曾發生用斧頭砍樹卻倒地不起的新聞。所以這些相思樹繁茂壯碩，一兩百年的歷史，有著虎皮斑紋似的威嚴。廟旁則竹影搖曳，風來輕言細語，坐在岩前可以沉思，可以發愣，可以濾除塵囂，所謂「虎岩聽竹」，彰邑八景之一，指的就是這樣的情境。

虎山岩旁有旅遊服務站，復古式紅磚牆建築內展示虎山岩歷史沿革、宗教民俗禮器等內容。從虎山岩旁的大嶺巷往山上走，是新闢的健行步道，全長八公里，附近民眾早晚休閒、運動的好所在。

從虎山街回到彰員路，沿路可以看到幾根高聳的煙囪，這是花壇磚瓦窯業曾歷經風光的見證。其中「順達窯業公司」正在規劃「尋訪紅磚故鄉」園區，園內準備介紹磚瓦產業歷史、紅磚製作流程，讓大家帶著孩子一起體會揉土、塑型、磚雕的樂趣，讓孩子認識台灣曾經怎樣紅。

彰員路南下一小段距離，「文德宮」的牌樓就在路的東側，宮前有停車場，還有一棵修剪整齊的榕樹，向南的廣場前是一條山溪，坐北朝南的格局，水從左青龍流向右白虎，據說地理形勢極佳。文德宮創建比虎山岩更早，那是乾隆祖父的年代，康熙二十七年（一六八八年）的事，供奉的是福德正神。據村民說，這是全台灣唯一戴官帽的福德老爺，特別值得近距離審視、崇敬、膜拜。

每年白沙坑文德宮迎花燈的活動，是彰化地區元宵節重要的慶典，十二架「燈排」在晚上八點以前依序排列在廣場上，每架「燈排」至少包含二十三盞燈，登排前端是「土地公燈」，第一排兩盞是「字姓燈」，第二排至第六排每排四盞燈籠，可以依一排四盞的方式遞增，場面相當壯闊。八點開始，由福德老爺的頭旗、頭燈領航，繞境祈福，十二架「燈排」緩緩跟進，最後是福德老爺神轎壓陣，這期間分送令旗、平安符，交換香枝，燃放鞭炮，熱鬧非凡。

元宵節晚上，鹽水射蜂炮，平溪放天燈，台東炸寒單，花壇迎燈排，簡稱爲「南蜂炮，北天燈，東寒單，西燈排」，慶賀的方式截然不同，但都爲台灣的天空綻放光彩，見證台灣人的智慧、設計的能力，多姿多彩。

樹在春常在

……花壇、大村，隨時有蜂飛蝶舞，隨時有四、五兩那麼輕的風息。尤其黃昏時，可以看夕陽又紅又大，緩緩沉入地平線，留下餘暉，久久。久久，心可以跟田野、跟餘暉、跟天空一樣開闊。這正是我小時候每天都可能欣賞的美。

三家春、七里香、萬家香，這樣的名字聽起來就是舒服。讀高中時，在彰化客運員林站準備搭車回家，常會看到往三家春、花壇，或犁頭厝、大村的班車，對我來說，雖然只是一個地名，卻也會引發一些想像。三家春、花壇，是不是應該有些春花春蝶的感覺？犁頭厝、大村，是不是會有鄉村的平安聯想，一片寧靜和諧？想歸想，那時卻也不曾探頭一望，是真的花飛花舞花滿天？或者名叫英俊卻不一定英俊，名叫美麗卻不一定美麗？

這次，我眞的是被「三春老樹」這四個字所迷，而且決定探訪究竟。我是一個容易爲樹著迷的人，特別是老樹，尤其老樹的前面又加上三春，那是怎麼樣的、可以數算的三個春天？

循著「三春老樹」的引導牌，從彰員路右轉油車巷，見到土地公廟再左轉，遠遠就望見平疇田野中一棵茄苳老樹，原來「三春」指的就是小時候常看到的三家春，「老樹」指的是這棵茄苳老樹。古地名「茄苳腳」的花壇是應該以「茄苳」爲鄉樹。不過，電視裡一個咖啡廣告出現了令人記憶深刻的向日葵田，現在「花壇」兩字，大多數的人都把她跟向日葵連接在一起，很少有人會想到茄苳樹了！

「三春老樹」很好記的名字，既有懷古的意味，又有藉茄苳老樹這個地標以明示方位的好處，這是花壇鄉八卦山腳新開發的一處「休閒農園」。草是新鋪的，樹是新種的，房舍是新蓋的，只有六百公尺外那棵茄苳樹是老的。這樣的現象是典型的台灣文化，多少公園、住家不都呈現這樣的油漆味？這也表示台灣農業從水稻文化走向果園文化之後，又有一個新的走向，那就是農舍文化，可以喚醒曾經有過的農村經驗，喚醒人類腦海中深層的祖先農耕的記憶；引導都市人群，在周休二日時讓自己的身、心、靈向大地、大海開放，向老樹開放，引導都市人群回到結結實實的泥土香氣裡。

「三春老樹」有親子可以一起玩樂的賽車場，有植物生態、教育農園的設計，不過，還看不出具體成績；倒是咖啡簡餐、火鍋茶飲，生意不錯，台灣人的觀光旅遊，美食的追求還是放在第一位的，我叫了一客「石蓮花果盤」，一片一片蘸著梅子粉吃，這麼精緻的石蓮葉子就這樣吃了，頗有殺風景的感覺。好在，風景殺不完，「三春老樹」庭園外，油車巷間，還有茄苳老樹、向日葵花田、玫瑰花園……許多風景，組合成好大一片織錦的花毯。我想，所謂「休閒農業」眞的不能只靠一家農家獨撐，「三春老樹」的成功是一棵老樹的旁邊還有「三家」春。樹在春常在，一棵老樹永遠不能少。

如果，意猶未盡，沿著油車巷向南，沿著排水溝向西幾步路，過橋到排水溝南側，這就到了大村鄉。花壇鄉與大村鄉的鄉界就是這麼一條東西向排水溝，小時候的我一跳就可以跳過去。跳過去就是大村鄉的聖瑤宮，另一種「春天人文」，令人驚艷！

大村鄉舊稱「燕霧大莊」或「燕霧內莊」，清康熙年間大墾首施世榜率領佃農來此開墾，鑿八堡圳，引水灌溉。乾隆末年，形成村莊。八卦山脈往往在冬春之際煙嵐蒸騰，村莊就位於燕霧台地之下，移民聚集，所以稱爲「燕霧大莊」（煙霧大莊），日據時期才改稱「大村」。

大村鄉有一所「大葉大學」，就在山腳路上。大村、大葉，也是一種美好的搭配。

「春天人文」咖啡館就在靜靜的農田裡，三層樓高一座造型特殊的別墅，以綠野平疇襯托著，是我見過最寬闊、最華麗的庭園咖啡館。如果喜歡在冷氣房中享受寧靜的，可以留在室內透過落地窗往外欣賞田野風光，庭園花卉；願意接受習習涼風吹拂，可以選擇草坪上、荷池邊，聽石片砌成的一面牆，流水一階一階縱落的瀑布聲，看彩色花園綿延出去的綠色田園，聞著淡淡的原野氣息，花與草的香澤。

隨時有蜂飛蝶舞，隨時有四、五兩那麼輕的風息。尤其黃昏時，可以看夕陽又紅又大，緩緩沉入地平線，留下餘暉，久久。久久，心可以跟田野、跟餘暉、跟天空一樣開闊。這正是我小時候每天都可能欣賞的美，現在或許只有三春老樹、春天人文這片平坦的稻野，還能保住這種隨時是春天的優閒。

與台大或者與美競豔

> ……先父生前是種田的人，生性樂觀，富於幽默感，冬天時，穿著單薄，人家問他：「這樣不會冷嗎？」他說：「無啥會冷。」以台灣話來說，「無啥會冷」的音，可能是「不甚會冷」，也可能是「無衫會冷」。這是台灣農民的幽默。所以，「台灣大村」簡稱為「台大」，顯現的，正是台灣農人的幽默。

聽說「台北大學」的學生很喜歡學校的簡稱，他們可以簡稱爲「台大」，也可以叫做「北大」，不論怎麼說都穩坐兩岸第一學府。

有了這樣的認識以後，「台大蘭園」是什麼機構的簡稱，倒是可以考考大家。

「台大蘭園」四個字，當然是台灣大學植物系或園藝系附屬的蘭花栽培場。我這麼以爲。我朋友也是。事實上，她是「台灣大村」蘭花栽培園的簡稱，「台灣大村」簡稱爲「台大」，能說不對嗎？你會以爲這是故意混淆視聽，我也這麼以爲。我朋友也是。不過，「一中」可以「各表」，「台大」當然也可以有許多可能。有一次，我要到台灣大學跟朋友見面，坐上計程車，跟司機說「台大」就開始閉目養神，不一會兒，司機先生說到了，我張眼一看：台大醫院。跟「榮總」相對的「台大」，也是「台大」啊！

先父生前是種田的人，生性樂觀，富於幽默感，冬天時，穿著單薄，人家問他：「這樣不會冷嗎？」他說：「無啥會冷。」以台灣話來說，「無啥會冷」的音，可能是「不甚會冷」，也可能是「無衫會冷」。這是台灣農民的幽默。後來，我看電視廣告，席曼寧賣冷氣機，「無啥會冷」的音，卻又變成「不甚會冷」和「無聲，會冷」兩種可能，也是幽默的廣告手法啊！所以，「台灣大村」簡稱爲「台大」，顯現的，正是台灣農人的幽默。

台大蘭園（展壯園藝股份有限公司），成立於西元一九八一年。台一線公路南下兩百公里處就是他們的展示場。他們擁有九公頃栽培面積，一九九六年擴展到美國市場，在美國地區也有大約三公頃的蘭花栽培場，是一個專業蘭花育種、研發、生產、銷售的全套作業公司，從育種選拔、無塵室組織培養、溫室栽培、病蟲害防治、病毒檢測，都採取企業化管理，不斷自行研發、引種、交配、選種，如此可以提高生產品質，降低消費者負擔。

他們有「露天栽培場」，以水平棚架搭設黑網栽培場，陽光和溫度可以適度控制。他們有「精密自動溫室」，以鍍鋅輕型鋼架建造，配屬自動收縮網、活動床、降溫水簾幕（水牆），還有強制抽風大電扇，可以大量培植蝴蝶蘭。他們有「病毒測定設備」，以Elisa（以萊莎）片盤裝載植株抽取液，透過特定光譜，可以分析吸收度，再配合病毒血清可檢測蘭株病毒是否存在。

這樣的栽種方式，如果說是「台灣大學」農學院內的教學品質，也不為過；說「台大蘭園」是「台灣大學」級的科學栽培，誰曰不宜？

整個蘭花展示場，琳瑯滿目，是一種美的競艷，好像慶典、喜宴，就在後面即將展開。不論是哪一種蘭花，搭配哪一種花器、花材，就好像是一幅藝術品展示在眼前。為什麼蘭花會成為一種特別的花卉，負責人賴先生說主要是蘭花的花期長，花形美，可以培育出新的品種。他特別指給我們看，說：花朵是蘭花觀賞的主要焦點，包括花瓣三片、萼片三片，中間還有一個蕊柱最特殊。這三片花瓣中，上面兩片一定成對，有對稱之美，下面一片不論是形狀、色彩都跟剛才那兩片不同，而且特別美麗，稱為「唇瓣」或「舌瓣」，她的功能就在引誘昆蟲，達到傳播花粉的目的。剛才說的那個「蕊柱」，是由雌蕊、雄蕊結合成，頂端含有二至八個「花粉塊」，以牙籤輕輕一撥就會脫落，這個雌、雄蕊合一的蕊柱是蘭科植物特有的結構，只要觀察這個特徵，就可辨認她到底是不是蘭花，蘭花的美，其實也就展示在這個地方。

「養蘭」、「養蘭」，我們最怕的是如何養？養蘭的祕訣到底在哪裡？「台大蘭園」門市課長告訴我們：

光度：不可以放置在室外強光直接照射的地方，放置在室內時要擺置在光亮處。

溫度：台灣一般室內溫度，蘭花都可以適應。但要注意保持室內空氣流通，忌寒冷、酷熱、空調、二手煙。

水分：盆內材質表面乾涸後澆水（約十至十五天），澆水時要讓盆內材質全濕。

透氣：花盆下底盤不可積水，要保持材質透氣。

離「台大」大約兩百公里的「台」灣「大」村有這麼一座蘭園，爲「美」與「愛」的表達，多了一些選擇，想來也是一件幸福的事。

紫色的誘惑，垂掛的幸福

大路小巷去穿梭吧！你總是在大村鄉的南勢、貢旗、大村、擺塘等村環繞，頂多去到過溝、加錫、茄苳、田洋等村中穿梭，總是在紫色的誘惑中、捨與不捨之間游移。

每次往來員林、彰化間，南北縱貫公路上，在大村鄉路段，總會看見許多中年農婦頭戴著草笠，繫著大圍巾，蒙著臉，擺著葡萄在出售，晶瑩、碩大的葡萄，堆疊的紙盒，牽引許多過客的目光，這景況已經成爲大村的觀光景點，一種鄉村裡羞澀的小資本主義色彩。這樣的景觀，如果再都市一點、再文明一點、再霹靂一點，將來也許也會變身爲台客文化的一部分，「葡萄西施」的玻璃屋立了起來，大村的農婦特色消失，葡萄的酸甜不知如何計較了！

其實，每次我經過大村所想的，倒不是西施在施展什麼魅力，夫差應該兼什麼差？而是大村人爲什麼不賣「大村葡萄」，卻賣起「巨峰葡萄」？那時，我以爲「巨峰」是地名，還在腦海中的地圖搜尋可能的位置。後來才知道：「巨峰」是品種的名稱。可是，我還是覺得叫「大村葡萄」要勝過「巨峰葡萄」，消費者要的是葡萄的甜，大村人多年建立的信譽，品質的保證，而不是「巨峰葡萄」、「頂峰葡萄」品種的辨識。否則，埔心地區、溪湖地區早已開始大量栽植葡萄，他們種的也是「巨峰葡萄」，大村人如何維持自己的優勢？

沿著縱貫線公路，進入大村鄉路段之後，只要往西邊的公路彎進去，就可以看見整片的葡萄果園，隨處看，隨處買，隨處與鄉人話桑麻、說葡萄，就是大村鄉葡萄之旅的收穫。如果對地理位置不甚熟悉，掌握一個原則：要欣賞葡萄果園，尋找「大村鄉公所」的指標前進，觀光果園都在公所附近；要回到縱貫線公路，抬頭一望八卦山，向著東方，那就是最好的指標。然後，大路小巷去穿梭吧！你總是在大村鄉的南勢、貢旗、大村、擺塘等村環繞，頂多去到過溝、加錫、茄苳、田洋等村中穿梭，總是在紫色的誘惑中、捨與不捨之間游移。不要忘記：拯救你的唯一指標——八卦山。

因爲土質鬆軟，氣候溫和，適合葡萄生長，所以大村鄉出產的巨峰葡萄含有豐富的維生素及葡萄糖，是甜而營養的水果。皮軟汁多，老人吃了容易消化、吸收，不怕葡萄子哽到，又可迅速轉爲熱量；富含維他命A、B1、B2、C，蛋白質，氨基酸，礦物質，葡萄糖，男女吃了可以養顏、可以美容；因爲甜，小孩也嗜食，即使「吃葡萄不吐葡萄皮」也無所謂。這是大村鄉葡萄長久以來施行早期套袋管理，使果穗不接觸農藥，衛生安全，可以安心食用的道理。葡萄架下累累的紫色果實是一種美，葡萄架下五顏六色的套袋又是另一種美，都值得觀賞。如果要享受自己選、自己採的樂趣，可以使用果園備用的「果剪」採下垂掛的幸福，只要是農人已經取下套袋的果穗，就是成熟的果實，可以採食。

葡萄的盛產期是夏季七、八月，最美、最甜的季節。不過，農民在農會及農改場的輔導下，積極改良管理技術，隨著潮流，朝向溫室有機發展，再加上「產期調節」，目前每年可以有三收，分別是「正期」的夏季葡萄，俗稱「倒頭」的冬季葡萄，春秋兩季的溫室葡萄。部分農民還嘗試栽種不同品種的蜜紅、水晶、翡翠等葡萄，到大村鄉，一年四季都吃得到葡萄。

大村鄉精緻農業的發展，會爲台灣帶來精緻的文化，優閒的心。譬如設置教育休閒農場，寓教於樂，農場四周可以用「養液栽培」方式種上鮮豔奪目的各式美味葡萄、番茄、荷蘭彩色甜椒、香草植物、西瓜、哈密瓜，清晨、黃昏還可以引來不同的鳥類優游、飛翔、鳴叫。可以為農業永續經營許一個璀璨的未來，可以為美好的夢做見證。

對於葡萄，其實我還會延伸許多想像空間，譬如搭高葡萄架，在葡萄架下經營餐飲；譬如搭成A字形、V字形的葡萄架，增加造型之美；譬如種好大樹（至少五年），面對葡萄園，品嘗紅酒，何等愜意！譬如發展周邊產業，葡萄乾與養生，葡萄汁與青春戀情；譬如自釀葡萄美酒，免費提供淺酌（一人限一杯），會有另一種留戀與回憶！這就是葡萄——普天之下，陶醉其中——的家鄉。

果眞百果，果眞猴探井

……八卦山脈西側，南北兩段地質相似，植物生態相同，然而，所呈現的觀光旅遊條件，卻大異其趣。北段有彰化大佛區、花壇台灣民俗村、高爾夫球場景觀，展現的是跨地域的觀光氣勢。南段的旅遊景觀，則是另一種小家碧玉模式，地域屬性分明，雖不及北段那般宏偉開闊、氣勢磅礴，卻展現真正屬於台灣的傳統。

有人說，八卦山脈西側，南北兩段地質相似，植物生態相同，然而，所呈現的觀光旅遊條件，卻大異其趣。北段有彰化大佛區、花壇台灣民俗村、高爾夫球場景觀，展現的是跨地域的觀光氣勢。南段的旅遊景觀，則是另一種小家碧玉模式，地域屬性分明，雖不及北段那般宏偉開闊、氣勢磅礴，卻展現眞正屬於台灣的傳統：鄉間的純樸，農村的純情，自然的純美。

員林是那南北兩段分界的灰色地帶，在磅礴與碧玉間，優游自在。

員林最有名的觀光景點是百果山，一個具有「縣際」名聲的觀光景點，她是員林以及員林附近鄉鎮居民重要的遊樂場所，戀愛聖地。

所謂百果山風景區，其實可以分爲水源地、遊覽區、廣天宮、遊樂園、四百坎等五部分。隨著不同年齡層、不同需求，會有不同選擇。早在民國五十七年鎮公所就開始有計畫的整建百果山，希望成爲員林鎮的休閒名山，經過八年的時間才逐步完成。最近，重遊百果山，我發現她又在施工換容，這好像是台灣地區所有建築的共同病徵，五年、十年，總是添添補補，大多數是人爲的輕忽，少數是地牛的牽引。眞的難以期待百年的老建築，祖孫可以分享的共同記憶。

百果山最老的記憶是水源地，此處原來就以「水源地」爲名，日治時期供應鎮內自來水的地方。我祖母娘家姓「張」，就在水源地的園區外，行政區域稱之爲「出水里」。「出水」就是「湧泉」，這裡是有泉水湧出的水源地。每次隨祖母回娘家，我們總是說：「要去水源地。」彰化客運在山腳路邊的站牌就叫「水源地」，下了車，還要爬上斜坡一千公尺以上，才會到達「出水里」張家。那時，我們總要繞著水源地走半圈，遠遠看見獨立一戶三合院，祖母喘一口大氣：「到了到了」，透露著喜悅。源泉，總是讓人喜悅。現在的水源地有游泳池、蓮花池等人工建設，可以戲水，可以賞蓮，不必再繞一個大半圈。

水源地北側就是遊覽區，有兒童樂園、百果橋、瀑布、噴水池，其上有忠烈祠、忠烈塔、浩然亭，再上去就是廣天宮。此地原是日治時代（大正十九年，一九四〇年）台中廳（州）闢建的神社，光復後敬奉延平郡王，「忠烈塔」與「浩然台」在其旁側，是遊客喜歡登覽的所在。

水源地東南角就是百果山遊樂園，建立於一九八八年，路旁有小販出售員林名產「蜜餞」，一字排開，箱箱相連，十分誘人。員林，號稱「蜜餞王國」。早年因爲百果山盛產水果，有時生產過剩，果農就以糖或鹽醃漬，便於貯存，結果因爲風味佳美，開始有人批發到外地去，員林蜜餞因此聲名遠播。從員林鎭到百果山的員水路上，隨處可見蜜餞專賣店，誘惑你的視覺、嗅覺、味覺。據說，員林的蜜餞口味多達一百多種，以梅子來說，就有十種以上，如：辣梅、話梅、脆梅、奶梅、烏梅、茶梅、蘇州梅、高粱梅、甘草梅、桂花梅、甘甜梅、咖啡梅、鳳梨梅、紹興酒梅等。一方面見證果眞百果的百果山，一方面見證台灣人勤儉的本性。

喜歡健身的人，一年四季都會愛登百果山「四百坎」步道（南北還有兩百坎、三百坎聯絡步道），沿途隨季節不同可以見到荔枝、鳳梨、龍眼、楊桃、四季果……，果眞百果之山，富裕之島。

從百果山出水里，經過朝業亭、泰山曉陽亭，合作社的眺望台，直登八卦山頂，可以嗅聞樟樹香，遠眺員林市街，心胸爲之開朗舒暢。如果繼續登上福山里施厝坪三九九巷內，有「猴探井」景觀可資觀賞、傳述。此地整個山谷像一口井，山谷前的小山峰，像是嬉戲的猴子蹲伏在井緣往下探視深井，因此稱爲「猴探井」。不過，想想也好笑，如果前面的小山峰也睜眼看看我們，我們是否也像探井的小猴，一直在爲世事東張西望？

相傳此地是「猴穴」，下有古墓，每逢祭祖掃墓時，其後人都準備豐富祭品孝敬先人，祭祀後則留給猴群享用，而且絕對不燃放鞭炮，以免驚嚇猴神。可惜，時日一久，後代子孫忘了先人叮嚀，祭祖掃墓燃放鞭炮，嚇走猴神、猴群，靈氣消散，據說後代子孫今不如昔——只是，又有哪些古墓的子孫傑異於先人？區內目前設有停車場、黃道十二天宮、天文地質展示台、尖頂眺望塔、景觀花廊等，天氣晴朗時還可看到西螺大橋、濁水溪出海口，欣賞夕陽緩緩沉落。

如果從田中、社頭的自行車道，也可一路騎車或步行自南而來。從這裡往東下山，那已是南投市的鳳山里，「鳳山寺」就在眼前了。

戀愛：什麼柳橋？如何晚眺？

……隨著飄逸的柳條，我開始思索人生，學會問天問雲之外也問問自己。柳絮飛花，把我引進冥冥的情境，流水天涯，把我帶向哲理的另一個天地。如果徐志摩有他英倫的康橋，我也有我員林的柳橋，不同的楊柳卻一樣把我們帶上文學的花徑，藝術的殿堂。

員林東邊的百果山，記錄著員林人的一生。當學生時成群結隊來，戀愛時兩個人來，成家後帶小朋友來；好像讀書一樣，有預習、學習、複習三個不同的階段。後更年期之後，還要爬「四百坎」步道，看夕陽，珍惜人生。百果山，多少年來，一直是員林人的戀愛聖地，珍藏在心中最尊貴的角落。

早年珍藏在員林人心中最尊貴的戀愛聖地，東邊是百果山，其實還有一個西邊的「柳橋晚眺」。員林西邊以柳溝與埔心接壤，柳溝兩岸遍植垂柳，黃昏時泛舟其間，詩意遠勝登山攬勝，這是五〇年代彰化八景之一。我曾有小文記述柳橋與我的文學因緣：

二十八吋的鐵馬，爸爸帶我到員林與埔心之間的柳溝。除了堅定的八卦山，平凡的龍眼樹，剛直的木麻黃，世間竟然還會有如此婀娜搖曳的柳枝，隨風生姿。柳溝兩岸的垂柳爲什麼能以如此挺直的身幹探向水面，拂動著綠意，拂動著風，撩撥了詩情，撩撥了我年少初開的情竇？

溝叫柳溝，橋叫柳橋，沿岸不盡的柳色隨水迤邐而來，隨水迤邐而去，鎖不住的柳色翻過兩岸鋪灑在田野裡；即使拂動了風，也是細細碎碎的低語，彷彿簷滴，彷彿夢裡的情境，霧中的牛鈴，蕭蕭呵蕭蕭，颯颯兮颯颯。

上了高中之後，我自己一個人騎腳踏車去柳橋，柳下躑躅，橋邊徘徊，想著屈原，想著李白，沉石太重，撈月太傻，我會是誰呢？幾次划著獨木舟，中流放棹，飄飄何所似？既不會是天地沙鷗，也不願寂寞沙洲冷。那時，隨著飄逸的柳條，我開始思索人生，學會問天問雲之外也問問自己。柳絮飛花，把我引進冥冥的情境，流水天涯，把我帶向哲理的另一個天地。

如果徐志摩有他英倫的康橋，我也有我員林的柳橋，不同的楊柳卻一樣把我們帶上文學的花徑，藝術的殿堂。從此，山巔水湄，何處不可著色？何處不可吟哦？

只是這樣的柳溝，如今已經被「七十六號」東西快速公路的橋墩牢牢踩住，戀愛聖地又要如何戀？怎樣愛？如何戀愛自己的過往？怎樣戀愛這塊土地的未來？

溪流圳溝，就像愛的流域，往往多變。柳橋遠眺原是彰化八景之一，如今，誰不問：什麼是柳橋？如何遠眺？其實，「戀愛」的「戀」是「變」與「心」所合成，或許問「什麼是柳橋？如何遠眺？」的人，還不能了解「變」是常態吧！

相對於柳橋，員林東邊的百果山算是穩固了戀愛勝地的美名，不過，只要想想以前的人如何艱辛爬過八卦山，到達草屯、南投，現在卻以不見天日的穿越方式（八卦山隧道），十分鐘快速聯絡，誰真能穩固江山呢！

圓樓圓林都已無處可尋

……士林、樹林、員林、大林、二林、林內。國語發音可以「ㄌㄧㄣˊ」一音到底，台語卻分為兩個系統：士林、員林、二林，發台語「飲酒」的「飲」陽平音；樹林、大林、林內，發音同於台語「藍色」的「藍」、「謝籃」的「籃」。兩個音的聲、韻、調，完全不相涉，「員林」（丸林）又叫「林仔街」（「籃仔街」），同時見證了這兩個音。

員林，曾經是台灣第一大鎮，單單這樣的稱號就足以令人刮目相看，進入彰化縣，不能不到員林瞧一瞧，望一望。

從中山高速公路出入員林，有三個交流道，一個是一九八公里處「彰化交流道」，可以沿台一線南行，欣賞花壇、大村，抵達員林。一個是二〇八公里處「員林埔鹽交流道」，從這裡離開國道一號，進入七十六號東西快速公路，往東之後可以抵達。另一個是二一〇公里處「員林溪湖交流道」，下交流道往東，橫越台一線，就到了員林。如果從國道三號來，在草屯附近切入七十六號東西快速公路，依然可以順利光臨。

小時候，我們都在山腳路遊趖，總是逛過百果山之後，循員水路往西走，三公里之後就進入員林市區——「籃仔街」，我們小時候都這樣稱呼她。

爲什麼「員林」叫「籃仔街」？「籃仔街」的「籃」（拿）之音是怎麼來的？小時候完全沒概念，後來讀高中了才發覺「林」這個字有兩種完全不相干的發音，不弄清楚，下面這些台灣地名也就無法以台語正確發音：士林、樹林、員林、大林、二林、林內。國語發音可以「ㄌㄧㄣˊ」一音到底，台語卻分爲兩個系統：士林、員林、二林，發台語「飲酒」的「飲」陽平音；樹林、大林、林內，發音同於台語「藍色」的「藍」、「謝籃」的「籃」。兩個音的聲、韻、調，完全不相涉，「員林」（丸林）又叫「林仔街」（「籃仔街」），同時見證了這兩個音。

就因爲「籃仔街」這樣的發音，員林地名的由來有著兩種說法。

第一種說法，大約三百多年前，清康熙中葉年間，施世榜築造施厝圳（即今八堡圳）引濁水溪的水灌溉農田後，閩、粵移民來員林拓墾的人便逐日增加，乾隆年間，已發展成一條街市，稱爲「圓林仔」，這樣的稱呼是因爲當時居民從四方墾林拓地，最後在中央留下了一塊圓形的樹林作爲紀念，所以就稱爲「圓林仔」。台語裡圓形的東西稱爲「丸」，員林有名的「肉丸」，也可以寫作「肉圓」，所以，「圓林仔」其實就是「丸林仔」，後來寫爲「員林仔」（發音都是「丸籃仔」），這個熱鬧的街市就稱做「林仔街」（籃仔街）。

不過，「籃仔街」這樣的發音，使員林地名的由來又形成另一種說法，那就是「員林仔」其實是「圓樓仔」的誤導。早期員林地區移民大都來自福建南部山區，居民爲防禦盜賊，住屋建築從四面圍繞成碉堡式的圓樓，有人說這是客家人住屋的特色，也有人認爲漳州人早就利用商代夯土的技術建造這種外可以禦敵，內可以共生的圓樓，目前福建地區還有三百多座這種高達三、四層樓的巨型圓樓。因爲建築特殊，所以此地就叫做「圓樓仔」，其後又音訛爲「圓籃仔」。日治時代社頭小說家翁鬧的作品〈羅漢腳〉，就曾描寫小說主角羅漢腳，第一次聽到「員林」誤以爲是「圓籃」的趣味聯想。

這兩個說法，到底哪一個正確？讀員林中學時，我就曾努力尋找傳說中的「圓形樓堡」或「圓形樹林」何在，毫無蛛絲馬跡可以讓人興奮。如今，圓樓既不可見，圓林亦無跡痕，所以，還是讓這兩種說法並存，同時印證先民的苦辛吧！

員林椪柑哪裡去了？

……員林椪柑的「椪」是與「膨」字相同的音義，柑仔皮膨膨鬆鬆，手輕輕一掰，就可以將柑仔皮剝開，那樣「甘心」為人類所食用的一種柑橘，曾經滿坑滿谷堆滿員林街頭，銷售全台，近三十年卻銷了聲匿了跡，不易尋覓，成為我的水果鄉愁。是不是人生的旅程，植物的存在，一直都這樣，只為地球的歷史做短短的見證？

我讀中學的五〇年代，「員林車站」這四個字的歇後語是「普通啦」。譬如說，有朋友問我：「這次考得怎樣？」我說：「員林車頭啦！」這意思就是「成績普通，還過得去啦！」今天，依我看，「員林車站」仍然可以這樣說。很多地方的火車站因爲幅員廣闊而改建成大廈，相對的，員林火車站改變極少，但是，整個鐵路公司的營運逐漸走下坡，其他小站擴充的可能性也降低了，「員林車站」的廣場格局雖然四十年不變，但是維繫「普通啦」這種要大不大、要小不小的地位，還能撐得住。這種「普通啦」的宿命感，恐怕也是員林人心中的豁達或無奈吧！說熱鬧，她比不上新竹、台中、彰化、嘉義，但卻是所有鄉鎮中的老大。「普通啦！」員林人的口頭禪，員林人的宿命！

日治時代，因爲耕地肥沃，日本人稱員林爲「台灣的丹麥」，當時是農業發展最盛的地方。日治時代到六〇年代，員林最有名的特產是椪柑，整個騎樓廊柱旁總是堆著一籮一籮筐的椪柑，員林火車站的標誌就以橘子爲Logo，我們員林中學初中部男生所戴的大盤帽，正是柑橘色帽唇，那時候全台灣高中男生戴的大盤帽都是咖啡色帽唇（其時，我們說是牛糞色），初中生和女學生戴的是船形軟帽，只有員林中學初中生戴柑橘色（代表員林）的圓盤帽，那種帥氣跟驕傲，那種獨一無二的感覺，可想而知。七〇年代以後，冬天的員林街頭卻不再是椪柑霸占騎樓的場面，椪柑，員林椪柑，到底哪裡去了？是不是也跟「圓形樹林」、「圓形樓堡」一樣，不知去向？

員林椪柑的「椪」是與「膨」字相同的音義，柑仔皮膨膨鬆鬆，手輕輕一掰，就可以將柑仔皮剝開，那樣「甘心」爲人類所食用的一種柑橘，曾經滿坑滿谷堆滿員林街頭，銷售全台，近三十年卻銷了聲匿了跡，不易尋覓，成爲我的水果鄉愁。

好在，員林公園仍在，仍在三民街上。小孩穿梭，年輕人打網球，老人樹下或假寐、或盹睡，沒人理會。常民的生活，普通人的節奏，好在仍在。

只是，興沖沖要帶朋友去看的，創建於清嘉慶十二年的興賢書院卻已在九二一地震時坍毀。興賢書院是清朝道光年間，廣東惠州鐃平廩生邱海渡海來台後所建，邱海初居永靖，後遷來員林，以書院講學所得，重修祠堂，購置學田八甲餘，因此文風大開，始稱「興賢書院」。邱海逝世後，遺產捐贈興賢書院，如今，在文昌帝君神位旁安置有「邱海先生靈位牌」。興賢書院俗名文昌帝君廟，祭祀文昌帝君倉頡，是員林地區舊日的學堂，文教的象徵，嘉慶十二年（西元一八〇七年）五月十九日創建時，樂捐人士包括燕霧堡、武西堡、武東堡等地，即今員林、大村、埔心、永靖、社頭等五鄉鎮，是這五鄉鎮居民思想啓蒙中心。如今列爲國家三級古蹟，只有代表古人敬惜字紙的敬聖亭，仍完整留存。我拍下幾張照片，聊且證明歲月曾經走過的痕跡。三、五年之後，重建完成，或許我們可以再來爲另一段歷史作證。

員林公園裡還有一座于國楨紀念碑，大約也沒有多少人注意它的存在。于國楨，北京市人，留學俄國，是蔣經國總統同學。曾任大台中縣第一任官派縣長，任職其間，常騎腳踏車戴斗笠在員林市街探訪民情。民國三十九年（一九五〇年），實行地方自治，于國楨爲了多獲一些選票，曾推薦一名「赤腳仙」（密醫）至中央替人醫療。縣長選舉敗選後，于國楨離開員林，一九五二年因心臟病猝逝。這位「赤腳仙」有感於故人知遇之恩，便在員林公園內，興賢書院東側，爲他立此紀念碑。

人生的旅程，甚至於植物的存在，一直都這樣，只爲地球的歷史做短短的見證。

八卦山下的自然童玩

……歐陽脩的母親以荻畫地教歐陽脩識字，使他成為宋朝重要的文學大師。八卦山腳有多少像我爸爸這樣的父親，拿著磚塊、石頭、樹枝，在大地上教孩子認字，他們會教出多少文學大師？

身體是第一樣遊戲載體

童年的記憶是所有記憶中最深長的，不只是因爲它在我們的生命史中，最早所以最深長。除此之外，應該還有其他的原因，否則，一個七十、八十的老大人會忘記你剛剛跟他再三交代的話，爲什麼卻對少年時代的事原原本本記得一清二楚？是因爲那是空白紙上最早的印記，還是因爲那是最單純的生活實錄，沒有功利思想的遊戲載體？

遊戲，是最早也是最好的模仿學習。扮家家酒，是模仿大人居家生活的進退禮儀，學習倫理；削刻番石榴樹的枝柯，成爲完美的陀螺，不就是雕刻才藝的傳承？跳繩，何時進，何時退，不就是人生舞台上常要扮演的藝術？誰人拉，誰人跳，誰是主，誰是從，不就是政治舞台常見的戲碼？

千萬不可忽略，人，與生俱來的遊戲本能，更不可忽略，遊戲所帶來的生活機能。

民國三〇年代、四〇年代，自來水、電、瓦斯，普及率不到一成的年代。可以想像，水要從井中汲取的辛苦模樣嗎？沒有電，就沒有收音機、電視、電影、電腦，那又是什麼樣的生活面貌？瓦斯不來，如何生火；不能生火，如何生活？

因爲：那時候的路是泥巴路、碎石子路，那時候的房子是稻草屋頂、黏土牆壁、竹編門板，腳下踩的依然是堅實的泥巴地。所以，那時候的父母會有閒錢、會有餘力，爲自己的孩子買玩具嗎？

孩子的玩具從哪裡來？

孩子的第一個玩具，通常是自己的身體，不用花錢，隨身攜帶，隨時可用，既可娛樂自己，又可娛樂別人。

口腔是最原始的樂器

鄉下沒錢人家的小孩，第一個玩具是口腔，可以哭、可以笑的口腔，玩起來隨心所欲。哭、嚎啕大哭、哭得驚天動地、哭得Do Re Mi Fa So La Si有了不同的腔調，就是沒人理你，因爲大人都在忙農事、忙家事，可是，就在這時，孩子發現了自己可以控制聲音的大小、長短、高低，玩了起來。笑，亦然。讀到高中時，我同學已經發展出三十六種笑聲，隨時展現不同共鳴位置的不同笑聲，取悅大家。

口腔期玩具，時間拉得很長，我叔叔到了四、五十歲，晚飯後一定大聲吹著口哨，傳播最新的流行歌曲。今天所有我會跟著人家哼的台語歌曲，就是從他的口哨聲熟悉了旋律。當然，所有的鄰居小孩、子侄輩，沒有一個不是跟著學習從嘴裡發出聲音，即使零碎，還是可聽的音符。像我，可以一面保持微笑，一面吹著口哨，常讓同行的朋友一直回頭尋找：歌聲到底從哪裡來？因爲，他自己肯定沒吹口哨，而我臉上保持著微笑。

模仿狗叫聲、雞叫聲、汽車聲、火車聲的口技，雖然不是每個人都維妙維肖，至少大家玩得相當愉快，你一聲，我一聲，引來不斷的笑聲。這時，突然噗哧一聲好大的放屁聲來湊熱鬧，肛門期玩具來了，常吃番薯的我們，肚腹肛門也是玩具，聲音要寬宏，還是尖細，C調還是降E大調，可以隨自己所在的場合做決定，只是，臭，必不可免，不過正如詩人商禽所說：「臭，那是鼻子的事。」

有病呻吟，是生活家常；無病呻吟，才是藝術高手。同理，有屁快放，是生理正常；無屁放屁，那才是遊戲高手。小時候，我們會把右手半握放在左腋下，左手用力做振翅動作，氣從右手虎口急竄而出，僞造放屁的巨大聲響，惹得女孩子捏著鼻子搧著風，直說「好臭好臭」。後來，我到學校服務，禮拜五下午例行召開行政會報，大村鄉、花壇鄉的兩位組長和我先到，坐在沙發上閒聊，這時，大村鄉的組長放了一個響屁，然後他就一直扭著屁股摩擦皮沙發，發出類似放屁的聲音，一面磨一面說：「這種聲音眞像放屁。」花壇鄉的組長說：「還是第一聲比較像。」我才知道，製造放屁的聲音原來不是我們社頭人的專利。

植物是隨手可以取得的玩具

身體的拍打、手指關節的扭動、夜間手影的扮演，都是我們應用身體去扭去跳，所能取得的最大娛樂。其次，植物則是我們隨手可以取得的另一類玩具。

扮家家酒（台語叫做「扮傢伙子」）首要的工作就是「吃」，一定要去摘一些樹葉、草葉，或者媽媽揀菜以後丟棄的菜葉，作爲我們煮飯炒菜的道具，再去撿些瓦片、石片作爲餐具，樹枝當筷子，「小民」一樣以食爲天。扮家家酒最有趣的是扮新娘，這時，紅花、紫花、黃花插滿頭，要將新娘子打扮得漂漂亮亮，有時摘來姑婆芋的大葉子當遮傘，更加氣派。如此，孩童時代「食」與「色」的天性，都是靠著植物來妝點。

男孩子沒得化妝，有時自己紮一個草圈戴在頭上，有時將帶殼的土豆輕輕一按，讓它夾住耳垂、夾住下巴，儼然是一個山大王，也自有樂趣。打起仗來，鳳凰樹的豆莢就是上等的刀劍，折斷的樹枝可以直逼敵人胸前，撿來的苦楝仔可以用彈弓彈射對方，或者藉著插在地上的竹篾片的彈力發射出去，男的勇敢在第一線作戰，女的在第二線努力撿拾敵方射過來的苦楝仔，後勤支援。這是一場植物的戰爭，戰多於爭。

另一種植物的戰爭，則是爭多於戰，那就是打陀螺（台語叫做「拍干樂」）比賽。那個年代，沒有人賣陀螺，陀螺都是父兄或自己砍下芭樂樹的樹幹、樹枝，以柴刀刪削製作，中心位置還要嵌入鐵釘，工程浩大。我在想，會不會哪一位木雕師傅的第一刀就從這裡開始？擁有一顆陀螺，那眞是莫大的喜悅與光彩。打陀螺，可以自己仔細纏索、用力抽索，讓陀螺在地上打轉，兩三個人同時丟出，看誰轉得久，這是文明的玩法。野蠻的玩法則是，上一回轉的時間最短的人，他的陀螺成爲這一輪被釘打的對象，這一輪，他先抽轉陀螺，其他人則纏好陀螺的繩索，虎視眈眈，雀躍頻頻，選擇最恰當的時機，瞄準最適合的位置，狠狠以自己的陀螺釘打地上旋轉中的陀螺，將它擊倒、擊碎。這種玩法相當刺激，連旁觀的人都會熱血沸騰。有時，陀螺眞的會被擊碎，通常只是被擊倒而已，也有情勢逆轉的情況，釘打人的陀螺反而受了傷。

不過，小孩子的戰爭不是爲了宗教信仰，也不是爲了石油，打完了，又去玩另一種遊戲，譬如，將掉下來的檳榔樹葉當拖車使用，讓幼小的弟妹或者女孩子坐在葉托上，大個子的男孩拉著葉子的一端跑，沙沙沙的聲響，揚起的灰塵，顚簸的運與動，都讓單純的心靈興奮。

八卦山腳多的是各種不同的樹：相思樹、樟樹、楓樹、木麻黃，供應我們「取之無禁，用之不竭」的玩具。

大地是學習最好的場域

八卦山腳，整整一大片彰化平原，就是我們奔馳追逐的場所。

那時的台灣是以農立國的年代，家家種田，我們有時隨父母下田實習，有時幾個孩子聚在一起玩泥巴，好靜的人自個兒捏塑泥像，捏個爸爸、捏個媽媽，捏個布袋戲裡的南俠翻山虎、北俠小流星，一面捏一面編故事；好動的人則各自找泥土製作平底碗，碗的大小約與手掌同，做好了以後托在手上，然後快速反扣地面，藉由反扣時大氣的衝力，將碗底爆破，兩人約好，要以自己的泥土補好對方的洞，洞破得越大，顯示自己的碗底壓得又薄又平，自己的腕力快而有力，這樣的比賽倒是溫馨而有趣，反正泥土多的是，隨挖隨有，不虞匱乏，要的是勝利的滋味。何況，賽完之後，誰的泥土，不論多少，都要還諸天地，剛才計較補多補少，可愛復可笑，對於人生的得失去取，不知有誰在這麼小的時候就領悟了？

第二期稻作收成以後，田野空曠，可以丟土塊遠近為樂，可以紮稻草人大小為戲，可以大夥兒尋土塊、築土窯、爌番薯。在等待番薯烘熟以前，漫長的時間可以繼續土塊戰爭，可以繼續以稻草人為戲偶，自編自演新的武俠戲。大地一直不會拒絕孩子的笑聲。

或者，回到稻埕、回到厝角邊，以瓦片畫南北向的長方形，再疊上東西向的長方形，你用磚塊當「子」，我以石頭當「子」，下起「直棋」來。有時畫個圓形「西瓜棋」，各以六子攻守，可以一步一步走，也可以相約隨時飛翔，趣味自有不同。下完棋，用腳擦擦土地，磚塊、石頭、草葉也一樣回到大地，大地無損無傷，我們卻在這樣的歡樂中成長。

一條繩子・一堆廢物・一樣神奇

孩子是具有巧思的。家裡的廢物可能成爲我們神奇的玩具，一條繩索可以有多種玩法。先說神奇的繩子吧！

一條繩子，我們可以自己揮動，由後而前，或由前而後，供自己兩腳齊跳、單腳獨跳、雙腳交互跳、跑步跳，這樣的組合變化已經夠讓人炫目了。還可以單手拿著繩索的兩頭，與大地平行逆時針方向揮動，繩子靠近時，兩腳跳躍過去，不停揮動，不停跳躍，這是最累人的一種兼有運動效能的遊戲。

多人玩繩索，變化更多，最簡單的是一人站中間等候，兩人各執一端準備揮動，繩子揮過頭頂再落地時，中間的人同時起跳，如此反覆計數。高明的人不會站在中間等候，他是算準繩子落地的那一瞬間衝入起跳，瀟灑漂亮的英姿惹人讚賞。有時兩人一起衝入，整齊劃一，優雅美妙。

還有更優雅美妙的，揮繩的人左右各一繩，交互揮動，跳繩的人要在一起一落之間介入、跳躍，適時躍出，贏得許多的掌聲。我覺得這已經是一種舞蹈的基礎訓練了，笨手笨腳的我，在這種跳繩遊戲中，通常是在旁邊用力鼓掌，衷心讚歎的那人。

繩子除了可以供人跳躍之外，還有別的玩法。兩人各執繩索一端，分立兩旁，中間放著一塊石頭，猜拳贏的人先把繩子拋向空中抖出一個環來，要讓那個環剛好圈住石頭，慢慢攏近石頭，再猛一拉，將石頭拉到腳邊就勝了這場比賽。如果無法達成，就換對手拋繩、拉石，一來一往，有時勾住，有時落空，趣味自在其中。

延續到今天仍在玩的繩子遊戲，則是繩子繞過兩人的左腰拉在右手上，立地站穩，比比手力和智巧，誰能使對方移動腳步，誰就贏了。我住在員林那位姓張的健壯同學，一直是拉繩遊戲中的泰山。

至於廢物變神奇，就男孩而言，是滾鐵環（台語是「輪鐵箍」）遊戲的那一圈鐵環，那鐵環通常是用來捆拴水桶、尿桶、糞桶用的，當桶子壞了，上下兩圈鐵環就是我們最好的玩具，我們再製作一個「凵」字形的推桿，推著鐵環，滾著鐵環，天涯海角浪跡而去。

女孩子則喜歡以媽媽剩下的布料縫製小沙包，製成五個就可以開始玩了，拋一個在空中，趕緊放下四個再接空中那一個，然後是拋一個抓一個在手上，陸續完成後，又回到第一個動作，再換成拋一個抓兩個在手上。或者反過來，拋一次放一個，有時還配著歌謠做動作：「一放雞，二放鴨；三分開，四相疊；五搭胸，六拍手；七圍牆，八摸鼻；九咬耳，十拾起。」手巧的女孩，縫製的沙包精緻，拋接的動作俐落，歌聲又好聽，讓人入迷。

文字，奧祕的玩具，激盪腦力

識字以後，讓我入迷的是文字的變幻。

未上小學以前，爸爸就拿著磚塊、石頭、樹枝，在大地上教我習字、認字，我也有模有樣拿著磚塊、石頭、樹枝在大地上刻畫。我喜歡那些橫筆、豎畫、一撇、一捺的增減。

歐陽脩的母親以荻畫地教歐陽脩識字，使他成爲宋朝重要的文學大師。八卦山腳有多少像我爸爸這樣的父親，拿著磚塊、石頭、樹枝，在大地上教孩子認字，他們會教出多少文學大師？

中學以後，我喜歡文字的猜謎、對仗、押韻、重組，甚至於要從文字的筆畫間探悉人間的情義，測知人生的道理；要從文字的組合裡訴說心中的情義，布達生命的眞諦。

文字是我童年最後的玩具，一直執迷地玩到今天，猶無歇息之意。它不像鐵環，只能滾到田中、二水，它可以翻滾到漢字通行的世界各地，甚至於翻滾到人的內心深處，歷史轉折的那一點奧祕，猶不歇息。

輯四｜社頭逐鹿情

大武郡堡、大武郡東堡、武東堡，當然早已成為歷史名詞，
這些歷史名詞所指涉的就是今日的社頭。
那麼，今日的社頭，未來的某一時間點也會成為歷史名詞嗎？
「逐鹿」，又會成為什麼樣的象徵？
所以，邀請你來，站在山腳路東側的斜坡上，
或者，站在社頭田野間，在旅遊喘息的空檔，
想想：那裡曾經是鹿與人追逐奔馳的地方，
那裡曾經是翁鬧嘆息的所在，
那裡曾經是我望著雲彩忘記憂傷的祕密基地，
你來，你會看見什麼樣的風采？

社頭：番社頭人所住的地方

……你一定以為我——蕭蕭就是那個愛鄉愛土幾近瘋狂的人。其實不是。這是我讀朝興國小時的老師——陳國典老師所精心計算出來的。他以個人的力量撰述十六開六百六十六頁的《社頭鄉誌》，他才是那個計算自己家鄉的經緯度，到了分分秒秒都精準的、瘋狂的愛鄉愛土的人。

如果有一個人計算自己家鄉的經緯度，到了分分秒秒都精確而清楚的地步，你會訝異，哪有這樣愛鄉愛土的人？

現在我就要告訴你，我的家鄉——「社頭」極精微的四極經緯度：

極東：東經一二〇度三七分四六秒一六〇七
北緯二三度五六分一七秒二六六六
極西：東經一二〇度三三分二二秒九四一四
北緯二三度五四分一八秒三二四五
極南：北緯二三度五二分三七秒五〇〇四
東經一二〇度三四分一六秒七六四九
極北：北緯二三度五六分一七秒八八三一
東經一二〇度三四分〇五秒八二三六

這就是我的家鄉——「社頭」在地球上標示的位置。

你一定以爲我——蕭蕭就是那個愛鄉愛土幾近瘋狂的人。其實不是。這是我讀朝興國小時的老師——陳國典老師所精心計算出來的。他以個人的力量撰述十六開六百六十六頁的《社頭鄉誌》，他才是那個計算自己家鄉的經緯度，到了分分秒秒都精準的、瘋狂的愛鄉愛土的人。

「社頭」，爲什麼叫社頭？根據陳老師的說法：「社頭地名的由來，乃是由於大武郡社，頭目和頭人居住在本地，所以本地就叫社頭。社頭，也就是大武郡社頭人所居住的地方。」他反駁日人「安倍明義」《台灣地名研究》書中「社頭」是「舊社社頭」的講法。安倍氏在書中「地名的起源」章節裡表示，台灣地名與番社有關的，大都有相對應的空間關係：頂社—下社，東社—西社—南社，大社—中社—外社，頭社—後社，社口—社頭—社尾，社頂—社腳。陳老師認爲，這種推理，在別的地方說得通，在「社頭」卻不適用。因爲，依照安倍氏的推論，有「社頭」應該有「社尾」，有「舊社」應該有「新社」，但是，社頭鄉內有「舊社」卻沒有「新社」，社頭鄉是番社頭部的話，附近卻沒有「社尾」這樣的地名。而且，「社頭」的「社」是指「大武郡」（Tavokol）社，而大武郡社所管轄的地區包括今天的社頭、永靖、埔心全部，員林、田中、田尾以及南投縣界的南投市、名間鄉的一部分，如此看來，社頭不是在大武郡社的某一角端，可以稱爲「頭」的地方，而是在大武郡社的中央部位，可以掌控全局的所在，作爲「大武郡社頭人所居住的地方」，應無疑義。所以，「社頭」的頭，不是「剛開始的地方」，而是「領袖所在」的地方。

這樣的說法，倒也驗證了社頭的眞實情況。台灣各鄉鎮，社頭是「董事長」最多的一個鄉鎮（社頭有三多：芭樂多、襪子多、董事長多）。因爲早期社頭織襪產業發達，買兩架織襪機在家裡，開始織襪事業，名片一亮，又多了一個董事長。「一盤魰仔魚全是頭」，「社頭」原是大武郡社（大武郡堡）「頭人」所居之處，卻也曾經是許多「董仔」的出產地啊！

社頭逐鹿情

……邀請你來，站在山腳路東側的斜坡上，或者，站在社頭田野間，在旅遊喘息的空檔，想想：昔如何演變為今，今又將演變為何？那裡曾經是鹿與人追逐奔馳的地方，那裡曾經是翁鬧嘆息的所在，那裡曾經是我望著雲彩忘記憂傷的祕密基地，你來，你會看見什麼樣的風采？

根據史料或遊宦遺留的記遊，可以發現彰化縣八卦山南麓的大武郡社是平埔族重要聚落，也是清朝駐軍、巡台御史、巡撫、提督、府台、知縣南來北往的交通要道，這條路就是現在的「山腳路」。郁永河的《裨海紀遊》曾記載他來台採硫的經過，清康熙三十六年（西元一六九七年）二月二十五日抵達台南，四月七日出發，由陸路北上，歷二十一日才到達淡水。其間，經過彰化地區，曾停宿兩個夜晚，第一站是在大武郡社（即今社頭），第二站是半線社（即今彰化市），留下紀錄：

四月十日，渡虎尾溪、西螺溪……溪水皆黑色，以台灣山色皆黑土故也。又三十里，至東螺溪，與西螺溪廣正等，而水深湍急過之。轅中牛懼溺，臥而浮，番兒十餘，扶輪以濟，不溺者幾矣！既濟，值雨，馳三十里，至大武郡社宿。是日所見番人，文身者愈多，耳輪漸大如碗。獨於髮加束，或爲三叉，或爲雙角，又以雞尾三羽爲一翺，插髻上，迎風招颭，以爲觀美。又有三婦共舂，中一婦頗有姿，然裸體對客，而意色泰然。

十一日，行三十里，至半線社，居停主人揖客頗恭，具饌尤腆。云：過此多石路，車行不易，曷少憩節勞。遂留宿焉。自諸羅至此，所見番婦多白皙妍好者。

當時住居在大武郡社的平埔族人是「洪雅族」（Hoanya）的一支「阿里昆族」（Arikun）。郁永河對於阿里昆族的紋身、大耳輪、束髮、裸體，印象深刻，曾作了四首「土番竹枝詞」流傳：

丫髻三叉似幼童，髮根偏愛繫紅絨。
出門又插文禽尾，陌上飄颻各鬥風。
鏤貝雕螺各盡功，陸離斑駁碧兼紅。
番兒項下重重繞，客至疑過繡領宮。
梨園敞服盡蒙茸，男女無分只尚紅。
或曳朱襦或半臂，土官氣象已從容。
番兒大耳是奇觀，少小都將兩耳環。
截竹塞輪輪漸大，如錢如碗又如盤。

康熙六十一年（西元一七二二年），首任巡台御史黃叔璥也曾到過大武郡社，觀賞平埔族的歌舞，在他所著的《台灣使槎錄》中，原音記錄平埔族語的〈大武郡社捕鹿歌〉，並附翻譯於下，十分珍貴：

〈大武郡社捕鹿歌〉 大興　黃叔璥

覺夫麻熙蠻乙丹（今日歡會飲酒）
麻覺音那麻嘈斗六府嗎（明日及早捕鹿）
麻熙棉達仔斗描（回到社中）
描音那阿壠仔斗六府（人人都要得鹿）
斗六府嗎麻力擺鄰（將鹿易銀完餉）
夏隨窪頑熙蠻乙（餉完再來會飲）

平埔族的語言，不再聽聞了！大武郡社的洪雅族人，有遷社習慣，據說從社頭的「舊社」搬到社頭鄉公所後面舊稱番社的「仁雅村」之後，又搬到南投埔里鎮去了。平埔族人，在社頭，不再聽聞了！我常在朝興埔頂、朝興田野，想像平埔族人逐鹿的生命野性，想像漢人逐鹿中原的狡詐野心，不易理清如何才是生存的法則？大武郡社（平埔族人），在清朝雍正年間以後去向不明，到底哪裡去了？成了台灣歷史學界一個難解的謎。大武郡堡（漢人住居的地方，與大武郡社同區）、大武郡東堡、武東堡，當然早已成爲歷史名詞，這些歷史名詞所指涉的就是今日的社頭。那麼，今日的社頭，未來的某一時間點也會成爲歷史名詞嗎？「逐鹿」，又會成爲什麼樣的象徵？

邀請你來，站在山腳路東側的斜坡上，或者，站在社頭田野間，在旅遊喘息的空檔，想想：昔如何演變爲今，今又將演變爲何？那裡曾經是鹿與人追逐奔馳的地方，那裡曾經是翁鬧嘆息的所在，那裡曾經是我望著雲彩忘記憂傷的祕密基地，你來，你會看見什麼樣的風采？

社頭兄，相大腿

……社頭流行這樣的兩句話：「剃頭婆，看面水；社頭兄，相大腿。」意思是說，理髮小姐仔細看客人的臉，思考如何為客人「修面」，社頭人則會全神注意女性大腿，想著如何織出表現女性曲線美的絲襪。「相大腿」，不是好色，而是職業性的習慣，專業的斟酌。

穿，要穿軟的；吃，要吃硬的。這是古人養生之道。社頭最有名的兩項特產，正符合這樣的需求。

社頭名人、名作家潘榮禮，一直想要在進入社頭鄉的員集路南北入口處，各樹一座塑像：穿著絲襪、提著芭樂的女子，「歡迎來到社頭鄉」。

絲襪、芭樂，軟硬兼施，這就是社頭的特產。女性身上穿戴的最輕最軟的衣物，莫過於「絲襪」；我們嘴裡吃的最硬最結實的果物，莫過於「芭樂」。社頭最有名的工商產品、農產品，正含有這兩個極端的特性。

潘榮禮是一位幽默作家，如果他應邀演講，開頭第一句話往往是：「我是社頭人，貴寶地的女性同胞百分之八十跟我們社頭人有肌膚之親。」唬得大家一楞一楞的時候，他才不疾不徐的說：「社頭所生產的襪子，占台灣市場百分之七十以上，絲襪，更達八成之高。」女性同胞所習知的華貴牌、琨蒂絲、佩登斯絲襪三大品牌，都是社頭魏家兄弟的天下。現任鄉長魏陳春惠女士，打破「社頭鄉公所」又叫「蕭公所」的傳統，她就是琨蒂絲公司董事長。她說：社頭絲襪的年產量在一千萬打以上，其中大部分出國賺取外匯，留在台灣的又能稱霸國內市場。她要更努力開創商機，使社頭絲襪的名氣更加響亮。

社頭流行這樣的兩句話：「剃頭婆，看面水；社頭兄，相大腿。」意思是說，理髮小姐仔細看客人的臉，思考如何爲客人「修面」，社頭人則會全神注意女性大腿，想著如何織出表現女性曲線美的絲襪。「相大腿」，不是好色，而是職業性的習慣，專業的斟酌。

華貴牌絲襪公司（福助針織股份有限公司），一進公司辦公大樓，就看見「有華人就有華貴藝術」，多充滿自信的一句話！從魏董事長的談話中也可以聽出華人的自豪，社頭人的驕傲。魏董事長表示：穿絲襪的女人，自然會變得更優雅，因爲指甲要注意修剪，角質要注意磨平，坐時脊椎要挺直，兩腳自然交疊，這就是女性典雅的美。不過，現代女性意識抬頭，市場需求多元化，保健觀念流行，絲襪已經不只是絲襪而已。社頭出產的絲襪種類繁多，功能增加，穿絲襪不只是因爲禮貌，不只是爲了腿部的美，看看這些新出產的絲襪功能，就可以了解社頭絲襪如何掌握流行趨勢、社會脈動，如何朝向「品質自主化、品質國際化」在努力：

一、防止靜脈曲張襪：以尼龍與超彈性纖維編織而成，具有絕佳的緊實度，可以有效修飾腿部、小腿與膝蓋的曲線，防止靜脈曲張，並具有束腹、纖腰、提臀的功效，美姿美體，耐磨耐穿。

二、醫療用健康襪：襪身應用纖維交織所產生的彈力，將末肢血管的血液擠動，有效預防靜脈擴張、變形、浮凸，避免造成下肢浮腫、腿部痠痛與疲勞。

三、芳香療法絲襪：紓壓性、超彈性絲襪，添加天然植物，具有消除壓力、美姿、防止靜脈曲張等功能，洗淨後香味持久，可以美化腿部肌膚，又可以保持腿部清爽。

四、燃脂瘦腿超彈性絲襪：可以釋放能量，燃燒脂肪，「透氣呼吸帶」能讓腹部舒爽，「寬幅大腿調整帶」能燃燒大腿贅肉上的脂肪，讓脂肪不再囤積，達到美腿目的。

五、調整臀型超彈性絲襪：菱形棉質褲縫，臀腿分明，強力托臀帶舒爽超透氣，褲子部分前後均有壓縮力集中托高臀部，解決臀部因地心引力而下垂的煩惱。

六、縮腹提臀全彈性絲襪：特殊透氣孔織製，體貼肌膚，塑造纖細腰部曲線，腹部有菱形束腹網，可縮小腹；臀部增加透氣網與提臀帶，可提臀部。

此外，夏天有防蚊、抗病、吸濕、排汗功能的絲襪；冬天有保暖作用的保暖襪、長統襪、各種材質的緊身衣。更不用說做法的花邊、網狀、吊帶等變化，材質的尼龍、多元酯、純棉的可能選擇。這就是「襪子王國」。

我雖然是「社頭兄」，喜歡「相大腿」，不過，對於絲襪了解有限，所以特別請教社頭姊妹：如何正確使用絲襪？

她們說，新絲襪未穿用前，先浸泡在溫水中，滴入幾滴食用白醋，約五、六分鐘後，撈起來風乾，可以增加纖維韌度，經久耐穿。穿好褲襪，拉整拉平後，最好在腳指頭四個縫間向前拉一下絲襪，預留空間，可防兩腳走動時扯破絲襪。如果絲襪已經起毛球，這是快要破裂的警示，應該將絲襪翻過來穿，作用力不同，所以可以再穿一段時間。如果在外頭發現絲襪被勾破，可以將絲襪破洞處輕輕拉起，在四周塗上透明指甲油或透明膠水，乾了以後，輕輕放回，可以支撐幾個小時。

這是絲襪王國姊妹們的貼心經驗，「社頭兄」細心問取，分享其他姊妹。

芭樂：八卦山元氣，濁水溪精華

……芭樂含有豐富營養成分，尤其維他命C含量高達81mg，是柑桔的八倍，香蕉、鳳梨、木瓜、番茄、西瓜的三十倍以上。特別是所含的鐵、磷、鈣極多，種子中鐵的含量為熱帶果實中最多的一種，因此吃芭樂最好能連芭樂子都要細嚼慢嚥。

社頭，是「絲襪王國」，也是「芭樂的故鄉」。因此，除了「相大腿」的「社頭兄」，努力開發新品種的絲襪之外，社頭四分之一的土地上（約五百公頃），種植芭樂，也可以說是有四分之一的人靠芭樂而生存。他們努力在改良芭樂的肉質，朝著更細、更甜、更脆的目標在奮鬥。「喝牛奶的芭樂」，就是他們改良的方式之一，他們眞的請芭樂喝牛奶，芭樂眞的長得跟小嬰孩的臉一樣「白白胖胖」，甜度增加爲十至十二度，果肉清脆，風味更佳。

芭樂（拔仔），是我們從小就習慣叫的名字，後來有一陣子改稱「番石榴」。芭樂原產於熱帶美洲，屬桃金孃科，是常綠多年生灌木植物，早年輾轉從南非傳至中國大陸南方，因其果實多籽，類似石榴，所以稱爲「番石榴」。大約三百年前，大陸移民渡海來台，也帶了番石榴到台灣種植，稱之爲「那拔仔」、「拔仔」，近年來擬其音，美其名，稱爲「芭樂」。目前栽培品種以梨仔拔、泰國拔、二十世紀拔、水晶拔、珍珠拔等品質最優。芭樂爲熱帶果樹，全年可生產，但爲提高品質，仍以調整產期在秋、冬及春季生產最好。

芭樂含有豐富營養成分，尤其維他命C含量高達81 mg，是柑桔的八倍，香蕉、鳳梨、木瓜、番茄、西瓜的三十倍以上。特別是所含的鐵、磷、鈣極多，種子中鐵的含量爲熱帶果實中最多的一種，因此吃芭樂最好能連芭樂子都要細嚼慢嚥。拳頭大的芭樂裡還有多種醣類、氨基酸、礦物質與胡蘿蔔素、抗壞血酸等多種維他命，適合清脆食用，是低熱量、高鈣、富維他命的瘦身美白蔬果聖品。除了生果食用之外，社頭鄉農會還研發出「番石榴料理食譜」，提供民眾索閱。總幹事張向善表示，這份食譜是農會和鄉內「海山珍餐廳」共同研發而成，每道菜在材料、調味、作工上，都十分講究，目前研發的十道菜是：杏腿芭樂盅、芭絲釀中卷、綠拔甜八寶、泰式綠芭絲、芭樂鮮蝦鬆、綠果靚鳳片、芭樂四季春、綠拔天婦羅、杏片芭樂蝦、海鮮焗芭樂，各具特色，可供品嘗。

或者，芭樂加創意，也可以是：

一、芭樂炒海鮮

材料：泰國芭樂一個、彩椒、馬蹄三粒、蝦仁、薑片、蒜末、蔥段。

二、芭樂可樂餅

材料：梅花絞肉、蝦泥（比例爲豬肉七，蝦仁三）、芭樂、太白粉（或麵粉）。

三、熱芭樂茶

將一個泰國大芭樂切成四片，加入七碗的水，煮開後，再以小火煮五分鐘，去渣，當茶喝，可預防感冒。

四、芭樂心（葉）茶

將「芭樂心」（最嫩的葉片）去毛曬乾，可用來沖泡當茶，或加白糖煎煮，飲後齒頰留香，可治暑熱。

五、芭樂葉綠豆湯

將芭樂葉（一兩）和綠豆（二兩）浸洗乾淨，芭樂葉用紗布袋盛裝，與綠豆同放入煲內，加清水，用中火煲九十分鐘，以鹽調味，即可。清熱解毒，可止瀉痢。

六、芭樂酒

準備芭樂一公斤、糖一公斤。將芭樂用冷開水洗淨風乾，每個橫切成四至五片，裝瓶時一層芭樂撒一層糖，密封兩個月以上即可飲用。有活血、養顏效能。

七、芭樂果醬

將芭樂磨細，加上檸檬酸、糖、果膠質、洋菜，煮沸裝罐。

八、芭樂洗髮水

將芭樂葉子煮水，拿來洗髮，可以增加頭髮的黑潤、柔滑。

社頭鄉番石榴產業標誌
（蕭嘉猷設計）

台中技術學院商業設計系蕭嘉猷教授，曾回到家鄉進行「地方產業視覺形象設計」計畫，以各種不同繪本、包裝設計、CIS識別標誌設計，推廣芭樂產品，組織「自然農法接待家庭」，可以帶領大家接觸泥土植物，體驗農村生活，認識民俗景觀，了解田園生態。我們都是這樣迷戀自己的家鄉。

月眉池的十三條護龍

……綠色環繞的八卦山麓，三進正身，十三條護龍或十六條護龍的典型閩南建築，反映了歷史行進間文化的變貌，見證著族群與生存空間的對應方式與適應能力。社頭月眉池畔，團圓堂前，值得我們做多層次的文化省思，想像那一條一條的護龍到底如何添增？

社頭，蕭是第一大姓，「社頭蕭一半」的戲謔語，其實有其眞實面的支撐。蕭，占社頭總人口四成以上，「社頭鄉公所」、「社頭鄉農會」從鄉長、理事長、總幹事以下，幾乎都是蕭姓的天下，所以有「蕭公所」、「蕭農會」的戲稱。

社頭的第二大姓則是「劉姓」。小時候，常聽我爸爸說：「劉仔是蕭仔的隔壁。」聽起來有一點親切，以「湳雅」地區而言，南邊靠石頭公、朝興地區的湳雅人，姓蕭；北邊靠崎仔腳地區，姓劉。東西向的新雅路，連接「新厝」和「湳雅」。西邊員集路上的「新厝」是劉家的新屋，東邊山腳路上的「湳雅」有一座月眉池「團圓堂」，是三進十三條護龍的大型三合院，「團圓堂」北面是崎仔腳，還有一座十六條護龍的「寧遠堂」，這兩座宅院都是劉家的產業。可以說，整條新雅路就是連接劉姓家族的一條鄉路，以兵法來說，透過新雅路，進可以經由員集路攻向工商都市，退可以回到山腳路八卦山麓，耕田墾山，這樣的形勢，以「工」字形來解說最易明白，新雅路是中間那一豎，向前可以行進上面那一橫（員集路），那是通往社頭街市、員林鎮上的大道，或者固守下面那一橫（山腳路），那是以農立家，永遠不變的生存原則。

不過，一般都從歷史變遷的角度來解說這個現象。他們認爲「團圓堂」、「寧遠堂」這樣的住宅建築群，是因爲劉氏祖先在清朝康熙中葉年間來自福建漳州，客家族群在閩台地區稍居弱勢，所以避居山麓邊，蓋房子都以背山（八卦山）、面水（八堡圳）的局勢做配置，四周並栽種多層竹圍，形成一個家族聚落的庇護網。這樣的建築群，規模小一點的，還有七、八個聚落，都在湳雅、崎仔腳附近，似乎也都在訴說庇護家族的重要。

判定劉氏家族是河洛人，還是客家人，從其建築遺蹟，可以見出端倪。一般河洛人的住宅，「天公爐」會掛在廳堂內屋梁上，懸空不落地；客家的天公爐則置於廳堂外，設置神龕。奇怪的是，團圓堂內懸有天公爐，但外埕的圍牆上也設有天公爐，所以很難判斷究竟是閩人或客家習俗。不過，不曾有河洛人將天公爐設在圍牆上，從這個現象或許可以反證劉氏家族是客家人。其次，河洛人習慣將神明供奉在廳堂正中央，面對神明的左側才供奉祖先牌位，客家人則將祖先牌位供奉在供桌正中央。團圓堂內，供桌中央正是供奉劉氏祖先牌位，這種客家特有的祭祀習俗，應該是一種有力的證明。第三，新厝、枋橋頭附近有一座「鎭安宮」（橋頭村員集路三段四一三號），主祀三山國王，三山國王原是客家人傳統的神祇，主要是祭祀巾山、明山、獨山三座山神，客家人開墾、居住的地方，就必定會有「三山國王」廟，這是客家原鄉特色。雖然現在祭拜三山國王的信徒，不限於客家人，但推其原始信仰還是來自廣東潮州人的習俗。最後一項，閩南民宅，護龍長度不會超過正身（正身是指設有廳堂的那一排，一般是五間房），但傳統客家建築爲了防禦敵人入侵，通常會將護龍房間數加多，如團圓堂第二排護龍的長度是正身的三、四倍，這大約也是客家人維護先祖牌位的措施。

但是，湳雅地區的劉氏家族眞是客家人嗎？我有許多員林中學的劉姓同學，他們就住在湳雅、崎仔腳、新厝這些聚落附近，跟我們一樣說流利的河洛話哩！

據說，三合院的正身與護龍，閩南式建築是相連在一起的。客家建築則在正身與護龍之間，留有一條「子孫巷」，可以讓長輩陪小孩子在此玩耍，便於一面做家事，一面看顧孩子。如果這是眞的，一成不變的，準確的，那我也可能懷疑自己是不是也是所謂的「河洛客」（表面上是河洛人，實際裡是客家人）？因爲我們老家，正身與兩邊護龍之間，都有巷子，我們總是一溜煙就從前埕跑到後埕，抱抱那棵大芒果樹。

時間過去那麼久了，閩客恩怨都已淡成秋日的輕煙了！或許說說風水，當做茶餘飯後的談助，人生會多一些情趣。有人說，「團圓堂」是「土虱穴」，所以堂前挖出月眉形大水池供牠們優游，護龍間有排水溝利其往來。「寧遠堂」則是「毛蟹穴」，所以護龍房子相連爲「相揹厝」，好像毛蟹的兩個大螯、八隻小腳，往外伸張。信不信呢？由你觀省。「湳雅」的地名，是由「湳仔」美化而來，「湳仔」的台語意思是「沼澤地」，所以，土虱、毛蟹的傳說，似乎有那麼一點根據。但，建築學家認爲，當初建築房子需要大量的土角，所以在屋前挖地取材，形成池塘，這池塘既可以儲水、養魚，還有防火、禦敵的功能，說奇道玄的人則相信聚氣、聚財之說。公婆都有理，不如，各信其所信，皆大歡喜。

綠色環繞的八卦山麓，三進正身，十三條護龍或十六條護龍的典型閩南建築，反映了歷史行進間文化的變貌，見證著族群與生存空間的對應方式與適應能力。社頭月眉池畔，團圓堂前，値得我們做多層次的文化省思，想像那一條一條的護龍到底如何添增？

鄉野咖啡

……荒野有詩，這是我小時候就能體會的事。但是，如果那時候有人跟我說，我們家東面的山坡處會有幾座咖啡館，鄉野的人也可以有另一種城市的優閒，我如何能相信呢？這天上，竟然也是人間。

鄉野旅遊，要的就是一份優閒，不必急著在短短一天之內，看盡人家曾經生活六百年、兩千年的腳印。何妨放慢自己的腳步，欣賞鄉野人的優閒，那種優閒是不同於都城的人聲車塵。

所以，不妨隨意停下車來，辨認一下彰化客運的站牌，由北而南，看看我們可以找到社頭鄉山腳路邊多少景點：

「崎仔腳」站，可以找到劉家十六條護龍的古厝，想想家族聚居可能產生的摩擦與樂趣，那是獨門獨戶的公寓、社區，無論如何也無法觸及。

「崎仔腳」與「湳雅」站之間，新雅路的東邊盡頭是「月眉池．團圓堂」十三條護龍，族群文化的混合與融合，交疊與交融，絕非政客所能撕裂。

「石頭公」站，最值得觀賞的是具有兩百多年歷史的「石頭公廟」，奇特處在於廟中所奉祀的是具有傳奇典故的天然人臉奇石。

「朝興」站，可以詢問「翁厝」，重回日據時期作家翁鬧的小說情景，或者探訪蕭蕭、潘榮禮的故居，在「朝興大魚池」瀲灩的水光旁沉思。

「清水岩」站，最值得探訪「彰化八景之一」的清水岩，過小溪，往東是觀音峰五峰，有五座相連的山峰可以攀爬，自行車道就在山腰處，往南一點是「清水岩童軍露營區」。

掌握這五站，社頭鄉山腳路邊景點就可以完全走透透了。

或者，累了，荒鄉僻野裡也有好咖啡可以喝，也有好庭園可以歇歇腿。

「白天讓心靈遠離塵囂，夜晚讓心靈享受星空的寧靜」，這是可以俯瞰即將通車的高鐵的「銀河鐵道」望景餐廳，坐落在社頭鄉協和村後路巷山上，白天居高望空，可以近距離欣賞三、四月或十月間鵟鷹翔空的英姿；夜晚居高臨下，可以遠距離欣賞員林、社頭直推到鹿港的萬家燈火，以及彷彿燈火上跳的稀疏星光，那是一片黑色背景裡處處閃耀的驚歎號。我曾經想像箭一般飛馳而過的高鐵車廂，會是怎樣的一道銀光？那是古老的牛郎與織女的銀河？還是迅速轉換空間的人生列車？

坐在二樓露天的觀景台上，我往往陷入這種時空迅速轉換的癡迷裡，穿著內褲的升旗手，穿著獵裝的助理教授，在一道一道銀光中忽閃忽爍。

疑幻疑眞，這樣的情景一直像一三七號公路，在我心中忽明忽滅。因爲這樣的咖啡屋會一直以神祕的姿態隱藏在龍眼樹、鳳梨園之間，等待發現。不用多遠，啊！另一種不同於三合院的「山荷苑」就在眼前。

再往南行，不要三分鐘，山腳路彰化客運「石頭公」站邊，往東方山上直馳而去，兩旁都是果樹逼臨路面，大約一公里多，那是「佐岸」庭園咖啡館，八卦台地最早的咖啡香飄散處，漂亮的草坪就鋪在柳橙、荔枝、龍眼樹之間，咖啡的芬芳彌漫在果香、草香深密處，這裡大約是八卦山台地的胸部，可以俯視整個社頭平原，咖啡館負責人劉正雄夫婦說，天氣好的時候，甚至於可以看到鹿港、台灣海峽。景色最美的時候是太陽即將西沉的黃昏，或太陽即將東昇的凌晨；他們營業到晚上十二點，在四周完全漆黑的暗夜裡，欣賞靜靜的山野、田原，與人間燈火保持一段距離，與天上星光保持另一種距離，這時，即使不沉思，不寫詩，也是一種絕美！

荒野有詩，這是我小時候就能體會的事。但是，如果那時候有人跟我說，我們家東面的山坡處會有幾座咖啡館，鄉野的人也可以有另一種城市的優閒，我如何能相信呢？這天上，竟然也是人間。

朝興村人翁鬧傳奇

……翁鬧熟悉的圳溝，是我走過的圳溝；翁鬧走過的山麓，是我熟悉的山腳路；翁鬧筆下的窮厄，是我經歷過的苦難。朝興村繫著二十世紀初期的翁鬧和二十世紀後期的我，也不過是這樣平凡的山麓，也不過是這樣平凡的圳溝，這樣平凡的日月星辰。

有一篇小說叫做〈天亮前的戀愛故事〉，評論者施淑教授對它的評價，說：「這篇帶有惡魔主義（Diabolism）味道的小說，它的世紀末色調，它之力圖表現思想上無法明說的事物，及至於敘述上的不穩定的、幾近消失了輪廓的語言及文體，爲台灣文學開展了一個新的面向。」如此前衛性的作品，具有開創意義的小說，我們都會覺得應該出現在現代主義盛行的六〇年代，或者後現代主義耀武揚威的八〇年代末期。然而，不是，這是施淑在

《日據時代台灣小說選》對翁鬧的評介，說這篇小說是「三〇年代台灣小說的《惡之華》」。翁鬧是誰？爲什麼能寫出這樣的作品？什麼樣的山水可以孕育這樣的才華？

研究日據時代台灣文學的專家張良澤，曾以另一種角度說明翁鬧的重要。他舉的例證是，一九七九年七月台北遠景出版社出版的《光復前台灣文學全集》，當時的傑作佳篇皆盡力蒐全編入，但不是良窳不分，照章全收。所以，小說集中共收入十一人二十篇作品，翁鬧一人就占了五篇，其次是楊逵四篇，其他九人都是一篇或兩篇而已。從這個數字就可以證明翁鬧小說在日據時代的重要。如果再以楊逵作品數量之大僅得四篇，翁鬧小說只有六篇卻入選五篇，那就更襯托出翁鬧小說眞有值得閱讀與研究的價值。

翁鬧是誰？

一般的介紹詞，都說他大約生於一九〇八年，彰化社頭人，窮苦農村子弟，嘗自稱是養子，對於雙親的事一無所知。一九二九年畢業於台中師範學校，服務五年後赴日留學，大約一九四〇年逝世於日本，得年三十三。這三十三年的生命中，他留下六篇短篇小說、六首新詩、一個中篇小說（僅存其目：有港口的街市，未見原文）、一篇散文、四篇隨想、十首譯詩。許俊雅編、陳藻香譯，彰化文化中心爲他出版《翁鬧作品選集》，幾乎就是他所有的著作。

翁鬧，彰化社頭人，社頭的哪裡呢？一般人或許滿足於「彰化社頭」這四個字的敘說，作爲翁鬧同鄉的晚輩，我卻有更進一步追索的意願。

〈在異鄉〉這首詩中，翁鬧寫出孤伶伶在異鄉，獨自躑躅的絕望感。他說：「悲哀在遙遠的雲際／望不到　故里的山姿」，沒錯，「故里的山姿」是第一個線索，社頭靠山的村莊就是沿著山腳路，從崎仔腳到埤斗這些村莊，我自幼熟悉的擁有山姿的故里。就在這時，我想起我們村中就有「翁厝」聚落，在全村都姓蕭的氏族聚居處，「翁厝」就坐落在村子的正中央。開放式的宅院極大，有兩進正身，左右三、四個護龍，農閒時，我爸爸在翁家的前庭，種植檳榔樹、香蕉樹的園中，剖劈竹篾，剖好的篾片用來編織竹籠，翁厝這個聚落當時是編織竹籠這個行業的大本營。黃昏時，我會過去幫爸爸整理工具，扛一些竹條回家，晚上他還要繼續把竹條剖成篾片，可能工作到深夜。如果我去得早，爸爸工作尚未告一段落，我就坐在旁邊聽他們閒聊，村中的大小事件，大人的古怪念頭，俗文學裡的有趣片段，我都在這個時間聽來。等到爸爸工作告一段落，父子兩人一起收拾柴刀、圍裙、竹條、篾片，散步回家。

有一次，兩人肩上都扛著一大捆竹條，我忍不住問爸爸：「翁厝的人都很有錢嗎？」因爲爸爸受僱於翁家，剖篾片是論件計酬的工作，工時長，工價低，往往熬夜工作，所獲極少，總覺得有些不忍。爸爸只說：「翁厝也出過賢人。」那時，我不知道他的意思是「賢人」就會有錢，還是你成為賢人，爸爸的辛勞就有代價了。現在想來，這個「賢人」指的會是當過老師、留學東京的翁鬧嗎？

翁鬧應該是社頭鄉朝興村的人，「翁厝」是一個極有力的證據。他所寫的〈故鄉的山丘〉，也透露著些許訊息：

我繞著雛菊綻開的小丘
追逐著，跳向穴洞的青蛙
陽光在我胸前融化
輕柔得使我瞠目
啊，誰在撥弄天庭之琴弦？
這一天，我們遙遙地遠離了死神

甘蔗園上遍地開滿了花朵
夕陽，她，趕忙來湊上一腳

雙親的家，在墓地的彼方
我吹著口哨，歡迎春的到來

「翁厝」在山腳路東邊，路的西側直到圳溝旁（圳溝西面是朝興國小）整整一大片就是「甘蔗園」，「翁厝」的人一走出他們家的稻埕，眼前就是茂密的甘蔗園。我們家也是，可是沒那麼大。不過，透過甘蔗園都可以看到一輪大紅的夕陽。社頭鄉山腳路唯一的墳場就在朝興村南面東邊的斜坡上，我們小時候叫它「南邊埔仔」，翁鬧小說〈戇伯仔〉一開始的對話：「算命先生說六十五歲那年／你會上草埔」，那個「草埔」就是「墓仔埔」，就是朝興村的「南邊埔仔」，目前是「墳墓公園化」成功的示範公墓（社頭鄉第六公墓）。一般人寫「雙親的家」不會用「墓地的彼方」，即使雙親已經過世，何況這首詩寫的是「歡迎春的到來」！所以，「墓地的彼方」是朝興村的在地實寫，不是象徵的應用。

翁鬧小說〈羅漢腳〉，大約是最貼近我小時候生活的「朝興村」樣貌，譬如「領墓粿」

的事，雖然我們未曾經歷，但聽大人說過，如果不是朝興村有墓地，如果不是生活中有墓地經驗，翁鬧小說大約不會有這樣的情節。〈羅漢腳〉一開始媽媽責罵小孩的話：「那條圳溝沒有蓋子，你快去跳好了！」朝興村就有八堡一圳經過，圳溝下就是大斜坡，「翁厝」到圳溝大約一百多公尺，這些場景都在這篇小說中出現。朝興村有大魚池，大魚池西側就是由二水流過來的濁水溝，沿圳溝而行兩百公尺就是「公學校」（朝興國小），羅漢腳和朋友就在這樣的場景中晃蕩。讀這篇小說，恍惚中，似乎從羅漢腳對員林的嚮往，看到翁鬧或我自己的身影。翁鬧的詩、小說，寫家鄉，寫山，寫貧窮的農村，寫孤苦無依的老人，寫的其實就是二〇年代的朝興村。

晚他四十年出生的我，以散文所寫的《來時路》、《稻香路》，不就是六〇年代朝興村生活的記憶，典型台灣農村的歷史紀錄？

翁鬧熟悉的圳溝，是我走過的圳溝；翁鬧走過的山麓，是我熟悉的山腳路；翁鬧筆下的窮厄，是我經歷過的苦難。朝興村繫著二十世紀初期的翁鬧和二十世紀後期的我，也不過是這樣平凡的山麓，也不過是這樣平凡的圳溝，這樣平凡的日月星辰。

朝興大魚池

……請純粹以欣賞的角度來到魚池邊，欣賞一個三百六十四天無用的魚池，顯示怎樣的道家美學：譬如魚的優游，水的自在，譬如竹的搖曳，風的輕恬，這些都要一顆優雅的心去領受。或者你也可以選一天優閒的日子，體會儒家的倫常教育，帶著尊親屬，只為欣賞一池幽靜，回味鄉村的安詳；或者實施生活教育，帶著卑親屬，挖蚯蚓，釣青蛙，認識蝌蚪，大魚池旁的生態，就是一個絕佳的教育場所。

康原所著的《文學的彰化》（彰化縣立文化中心，一九九二）一書中，提到三位社頭籍的作家，他們是：一、壯志未酬的作家——翁鬧，二、農民作家——潘榮禮，三、念舊土地的詩人——蕭蕭。同屬社頭人的他們還有一個共同點，他們都是朝興村民，翁鬧與蕭蕭，世居朝興村，一在山腳路東側，一在西側；潘榮禮則是六〇年代從橋頭「潘厝」遷居朝興村，一住三十年，最近因為經營「迪斯奈幼稚園」，生活重心才移往市街。

彰化縣議會副議長蕭景田（曾擔任兩任社頭鄉長）則住在「翁厝」的南側，緊靠著山腳路旁。更南邊一些，朝興大魚池附近，台中技術學院商業設計系蕭嘉猷教授的家就在這裡，他為社頭家鄉進行的「地方產業視覺形象設計」計畫，深得果農的愛戴。這大魚池附近，長輩蕭如謙先生，生前也曾出任社頭鄉長兩屆。

小小一個村莊，竟然出現了兩位（四屆）鄉長（光復後至今才十四屆）、三位作家，如果，你信賴風水，我倒願意帶你去看看朝興大魚池，說不定你更篤定相信「後有靠，前有照」的說法。

朝興村南邊有一個廣大的斜坡，我們叫它「朝興埔仔」或「南邊埔仔」，那是我們祖先永遠住居的地方，蕭景田鄉長任內已經整理成示範公墓，一座宏偉的五層懷親大樓就矗立在埔頂，格局恢弘，氣勢朗闊，遠遠從社頭火車站就可以望見，遠遠從遙遠的地方很多人前來觀摩。朝興埔下是山腳路旁的人家，山腳路西側最大的一座三合院，院口就是這座占地約一甲的「朝興大魚池」，蕭氏家族合力開鑿而成，應該有上百年歷史。魚池四周圍繞竹林，可以防風、防盜，池內養殖草魚、鯉魚，要等農曆年尾時才放水撈魚，分享親人。平時很多人在這裡納涼吹風，欣賞竹林倒影水底，魚兒潑刺水中，翠鳥輕點水面的景象。這魚池的面積是湳雅月眉池的十倍大，正像一面大鏡，符應「後有山可靠，前有水可照」的美好風水。魚池下方就是「八堡圳」，由左青龍流向右白虎，終年不竭。

即將完工的高鐵，在彰化縣境內，一直是沿著八卦山邊由北而南，然而，到了朝興村、大魚池東側，緩緩轉而西向，從山野奔向田原，並沒有切斷由朝興埔往西眺望的視野。懂風水的人說，朝興村的脈勢沒有被破壞。不懂風水的人可以跟我上朝興埔頂，欣賞現代科技產物如何像一條靈活的龍，在朝興村的懷裡滑溜來，滑溜去。

如果你跟我一樣，不認爲風水會左右人的命運，那就更應該純粹以欣賞的角度來到魚池邊，欣賞一個三百六十四天無用的魚池，顯示怎樣的道家美學：譬如魚的優游，水的自在，譬如竹的搖曳，風的輕恬，這些都要一顆優雅的心去領受。或者你也可以選一天優閒的日子，體會儒家的倫常教育，帶著尊親屬，只爲欣賞一池幽靜，回味鄉村的安詳；或者實施生活教育，帶著卑親屬，挖蚯蚓，釣青蛙，認識蝌蚪，大魚池旁的生態，就是一個絕佳的教育場所。

循著魚池往西走，爬上小斜坡，從二水蜿蜒而來的八堡圳就在眼前，小橋、流水、人家之西，就是一大片田野。小時候，我最喜歡站在圳溝旁望向西方，圳溝與下面的田園有兩、三公尺的落差，正可以享受居高臨下，馳目八方的快感。那時的夕陽總是紅著腮緩緩把臉埋在社頭的田野懷裡，直到黑夜來臨也不抬起。

從大魚池的圳溝岸往北走，兩分鐘就可以來到社石路，這裡就是朝興國小的校園，翁鬧〈羅漢腳〉的小說場景就在這個斜坡上，蕭蕭〈穿內褲的旗手〉的尷尬場景就在這個校園內。再沿著圳溝往北走，一分鐘後往東一望，或許可以看見我們老家，最少可以看見我們老家大廳後面那棵老芒果樹，這棵神木，樹圍要兩人才能合抱，樹身有四層樓高，樹枝樹葉覆蓋一排「正身」的東側屋頂，但手臂粗的樹枝被颱風折斷，從來不會直直落下砸壞「正身」那一整排屋子。

回家，我是從社石路十二巷踅進去的，只是，回老家的次數愈來愈少了！這裡，我也只是蜻蜓一樣點水了！人生總有許多或美麗、或不美麗的錯誤啊！

清水岩

……清水岩，不是金碧輝煌的觀光名剎，沒有潔淨的大理石地板，亦乏聳天的龍柱、高啄的簷牙，更少金箔、亮片，他只是一座古廟，不會積極勸人改過、向善，只是穩穩實實坐在山村裡，坐在我們內心深處，隨時在我們落淚時給我們安寧，給我們撫慰，偶爾也重播我們在清水岩跑進跑出，自幼及長，幾次不同的笑聲，總讓我們想起母親和溫暖……

沒有去過清水岩的人請舉手，在朝興村是不會有人舉手的。襁褓中的嬰兒，父母會抱著他去；剛剛學走學跳，姊姊哥哥、叔叔姑姑，會逗著他去；上了小學，最是興高采烈；第一次遠足，雖然沒有「謝謝」、「乖乖」，仍然興奮得天未亮就吵醒公雞催太陽起床，目的地：清水岩。

初中高中，郊遊踏青——清水岩。
情竇初開，約會談心——清水岩。
喪志失戀，解憂消愁——清水岩。

沒有去過清水岩的人請舉手，在朝興村是不會有人舉手的。去過多少次清水岩？沒有人能計數，多去一次就多一次發現，可以在山前廟後瀏覽徜徉，也可以深入山後。山後更開闊，多少的曲徑、落葉，多少的山阿、蒼翠，多少年來一直等著我們，等著我們去走踏！不論是嬰孩，或者正在戀愛，甚至於老耄十分，不論信不信佛，向不向神明祈禱，清水岩一直以古樸接引我們。

從山腳路轉入向山的小徑，不用十分鐘就會發現「清水春光」四字，敦厚的筆畫勒在一塊古拙的碑石上，不必懷疑，這正是彰化八景之一——「清水春光」。此地已遠離社頭車站約三公里，逐漸向東升高，岩後即是八卦山的餘脈，舊名大武郡山，地屬「許厝寮」。有人說「許」應是「苦」才對，因為這裡幾乎沒見過姓許的居民，居民大部分姓陳，小部分姓康，光復後此地即劃分爲兩個村莊，北面靠近朝興村的稱爲山湖村，南邊環繞清水岩的即是清水村，兩村迎神廟會，大都合併舉行，老一輩的人仍然襲稱許厝寮，不加細別。

清水岩，建於乾隆初年，《彰化縣志》說：「岩左右，青嶂環繞，樹木陰翳，曲徑通幽，邱壑之勝，恍似圖畫。春和景明，野花濃發，士女到崖野覽，儼入香國中矣！」依稀可以想見春濃之日，滿山野花遍開，士女往來穿梭的勝景。詩人到此，另有所見，昔日彰化會魁黃驪雲即曾以〈清水春光〉爲題，寫了一首七律，山景之外更有溪水的聯想，令人不能不爲之心動：

到處尋春未見春，
原來春在此藏身，
山都獻笑齊描黛，
溪但浣花不著塵。
竹響又喧歸浣女，
桃開慣引捕魚人。
仙岩清水傳名字，
果有香泉似白銀。

最是讓人欣羨：「溪但浣花不著塵。」不說近年來受到嚴重污染的台灣山溪，已無多少清水可觀，即使數十年前，「不著塵」、「但浣花」也足夠引為人間仙境了。此句一方面呼應了最後兩句的「清水」與「香泉」——「不著塵」之水必清，「但浣花」之泉豈有不香之理？一方面更有「歸浣女」與「捕魚人」的延伸，「竹響又喧歸浣女」，幽香隱隱，令人遐想，「桃開慣引捕魚人」則使人凡念俱消，頗思離塵而去，你說「春」能不在此藏身嗎？

不過，我總覺得《彰化縣志》裡的清水岩太過穠艷，不似山寺，黃驤雲的〈清水春光〉又太陶淵明，不似人間！我們從小叩訪清水岩，清水岩的山景一直讓人覺得平實而又親切，就像母親的懷抱。當你傷心時，最想投入母親的懷裡訴說；當你有喜有慶時，又是那樣急著要母親分享。母親平實而不穠艷，清水岩親切而不絕塵，如果你已搭上彰化客運從員林開往田中的車子，慢慢就會體會出那一份親切！

沿途，路隨山勢而轉，車隨三級柏油路而顛簸，堅韌的樹葉從來不抵抗灰塵，依然墨綠迎人。這一切，就像你在台灣任何一條山區道路可以看到的一樣，一樣的彎道，一樣的坡。

一樣的樹木，一樣的人情。你只要輕輕告訴司機：我到清水岩，就可以放心欣賞窗外隨時變換的景致，有時紅樓，有時灰瓦，轉彎後往往可見三、四隻閒蕩的土雞，過橋時則是乾涸的山溪，也有砂土，也有大石，無所事事。路的兩旁不外乎綠樹與人家，斷斷續續，連成一體。

過了朝興村，上了慢升坡，你會發覺人家少了，綠樹也少了，眼前突然呈現不曾有的山石，累累不盡。路最低的地方以水泥鋪成，是山洪洩下的孔道，這裡就是「許厝寮」，民國四十八年一場八七水災，在這裡不知沖毀了多少的山園和人家，那年我們剛從小學畢業，剛背會李白〈將進酒〉的第一句，就看見「黃河之水天上來」，一下子撞進我們的家門，恐懼隨著洪水挾著泥沙突然升至胸口，我們站在八仙桌上，隆隆的山洪不停地在屋內屋外洶湧，雞不飛，狗不跳，豬隨著柵欄捲入萬里濁浪中，我們不知道什麼是方舟，有的人因此「奔流到海不復回」，有的人僅僅露出一隻手在洪水去後的泥沙上，這是許厝寮一頁悲苦的記憶。

二十多年來，許厝寮一直冷寂肅殺，最近才漸漸又有了生氣，新的鳳梨園栽植起一片酸甜來了，新的養雞場終於咯咯下蛋了，這就是台灣人，再多的砂石瓦礫中，仍要重建起新的家園！

許厝寮站過後，下一站會是蛺蝶嗎？

是的，下一站，下一站我們就要下車了，站牌上清清楚楚寫著「清水岩」。下了車，向東順著林蔭山道，直走到「清水春光」勒石處，當你第一眼看到清水岩，不禁脫口而出：多麼親切！多麼慈祥！你不必驚詫於傖俗的紅柱金龍，也不必爲了暴發戶似的粉妝玉琢而無奈，這裡只有古樸的唐山來的原木，老式的窗櫺和木門。不驚，不迷，慢慢地卻會愛上這一份笨拙的古意。當你不經心地往四周一看，甚至於從牆縫中伸展出來的青苔，都那樣惹人愛憐。

山寺前面一片廣場，足夠追逐喧鬧，寺後是山，山側一彎蜿蜒的小徑，可以踏著厚厚的落葉隨山升高，也可以沿著小徑循鳥聲入幽。稍遠處，自南而北，一道堤防依山迤邐，這是八七水災後所建，洋灰已倉黑，青苔、蔓藤逐漸攀爬其上，隱然化入山勢而不覺！

從小，我們喜歡來這裡徜徉，樸實的山，樸實的古剎，自自然然，忘記人間多少虞詐，彷彿我們也隱然化爲山勢而不覺，不覺隨著山呼吸。

隨著山呼吸，好像隨著母親牙牙學語。

清水岩，不是金碧輝煌的觀光名剎，沒有潔淨的大理石地板，亦乏聳天的龍柱、高啄的簷牙，更少金箔、亮片，他只是一座古廟，不會積極勸人改過、向善，只是穩穩實實坐在山村裡，坐在我們內心深處，隨時在我們落淚時給我們安寧，給我們撫慰，偶爾也重播我們在清水岩跑進跑出，自幼及長，幾次不同的笑聲，總讓我們想起母親和溫暖……

清水岩有幾副對聯值得深思：

清境異常走馬來時春滿客／水天一樣拈花溪處佛如生

清不沾塵景色晶瑩／水能益智神機活潑

清比壺冰纖塵不染／水融鏡月滿眼增光

清靜無囂陶情淑淨／水流不息往過來追

走出清水岩，左轉往東走，有一條小徑長約四、五公里，早期被稱爲「九彎十八拐」。日據時代是社頭鄉清水村到南投縣名間鄉的便道，民眾常利用這條山徑，以徒步方式挑著農特產品，往來交易。後來因爲開闢一五〇線道路，交通逐漸改善，這條羊腸小徑也日漸荒廢。最近有人倡議重新開發，讓民眾有機會欣賞沿線優美風光，增加假日休閒去處。

即使「九彎十八拐」尚未開發，社頭地區的人早以觀音山五峰作爲健身休閒的好處所。觀音山五峰，號稱五峰，其實只有四座山頭，分別是一峰、二峰、三峰、五峰（我們不喜歡「四」這個音），登山步道長約一．五公里，登山口就在清水岩南面，過了小溪往東而行，景色秀麗，空氣清新，沿途設有簡易休息涼亭，備有運動設施，可以享受一場健康森林浴。

山腰處是長約七、八公里的南北向的「長青自行車車道」，原爲森林防火巷，小時候我們稱之爲「火巷」，將山林隔爲上下兩段，有防火功能，必要時可以行駛消防車、山林巡視車，後來成爲產業道路，如今則是自行車車道。南起田中鎮森林公園入口處，「赤水崎」前，經觀音山登山口，北邊可以到達「護天宮」；挑戰路線則從波羅蜜公園向東，經楠木林，上「橫山」。沿途綠樹成蔭，最多的是相思樹、樟樹、楓樹、楠木、梧桐、龍眼、荔枝、楊桃等等。還有清脆悅耳的鳥叫聲，不絕於耳，常見的鳥類有白頭翁、繡眼畫眉、紅嘴黑鵯、小彎嘴、竹雞、山紅頭、斑鳩、樹雀綠繡眼、五色鳥等。不騎自行車，膝蓋不適合爬高的人，也可以沿著平整的路面，和緩的斜坡，清晨、黃昏，調整呼吸，調整步調，調整心緒。

山腳路「清水岩」候車站牌往南走兩百公尺，就是「清水岩童軍營地」。清水岩童軍營地又名凱復營地，占地十二公頃，幅員遼闊，林蔭茂密，果樹遍野，營區設備齊全，應有盡有。最多可容納一千五百人，據童子軍老師說，這是台灣目前最完善的露營區之一。民國七十三年三月五日童軍節啓用，是彰化縣政府提供各級學校童子軍研習，一般機關團體、民眾郊遊、烤肉、露營等休閒活動而設，帳棚、炊具、餐桌、童軍椅、睡袋等設施一應俱全。最近「露營車」開始風行，車子可以直達營區，不僅童子軍訓練可以利用這個營地，一家老老少少，喜歡親近大自然，喜歡健康生活的人，都可以歡歡喜喜來到這裡。

（改寫爾雅版《扁擔．父王．來時路》中的〈清水岩〉）

蘭陵世家

……六千多甲水田與這幅斷垣殘壁景象，其中有太多落差，時間？人？還是外在情勢的改變所造成？以前，社頭鄉公所、社頭鄉農會，幾乎是姓蕭的人在主持、在辦事，人稱「蕭公所」、「蕭農會」，這樣的盛況還在嗎？

青年朋友常常問我，爲什麼筆名叫「蕭蕭」？我都笑著說：因爲我姓蕭，我爸爸也姓蕭，所以我叫蕭蕭。對於「蕭」這個字，我似乎有一點迷戀。

有時我也反問青年朋友一個謎語：「無邊落木蕭蕭下」——打一字，請問這是什麼字？幾乎沒有人能回答出來。因爲他們無法解出「蕭蕭下」三個字藏著什麼啞謎。這時，通常我會再問他們一個怪問題，中國歷史上有哪一個姓氏曾經建立兩個朝代？中國歷史太長太久太囉唆，他們也回答不出來。答案是「劉」和「蕭」，劉姓建立了「漢朝」及「南朝宋」，蕭姓建立了「南朝」的「齊」和「梁」。南北朝「南朝」有四個朝代：宋、齊、梁、陳，所以「蕭蕭下」三個字指的就是蕭家兩朝帝王之後的「陳」，「陳」字「無邊」（去掉部首）那是「東」，「東」字「落木」（去掉「木」字）那是「日」。「無邊落木蕭蕭下」——打一字，答案就是「日」。

這樣說來，我們蕭家好歹也是帝王之後。

根據學者的考證，蕭氏的起源，據說是帝嚳（即高辛氏，黃帝的曾孫）的後代。《左傳》上說：「殷民六族，一爲蕭氏。」可見蕭氏的源遠流長可以遠溯到三千七百年以前的殷商時代。《姓氏考略》上也證明：「蕭氏，殷舊姓也，望出蘭陵、廣陵。」蘭陵是現在的山東嶧縣，南蘭陵是現在的江蘇武進，廣陵是現在江蘇省江都。《通志．氏族略》指出：「蕭氏，古之蕭國也，其地即徐州蕭縣，後爲宋所并。微子裔孫大心平南宮長萬有功，封於蕭，以爲附庸。」《左傳》莊公十二年有「群公子奔蕭」的記述，宣公十二年又有「楚子伐蕭，宋華椒以蔡人救蕭，王怒圍蕭，蕭潰。」的記載，這裡的「蕭」指的就是今日江蘇徐州蕭縣。也就是《通志．氏族略》所說的「（魯）宣（公）十二年楚滅之，子孫因以爲氏」這件事。蕭家祖先以國爲姓，最早活躍的地區在江蘇，史書記錄非常清楚。

《詩經》三頌指的是周頌、魯頌、商頌。「商頌」其實就是宋國的詩歌，宋是殷商的後裔微子所建以奉湯祀的諸侯國。宋之風不跟十五國風一樣被稱爲風，特別稱爲「商頌」，是對商的尊重。蕭氏是出自宋國時代的公族，由微子裔孫叔大心所建，可見蕭氏源遠、流長，可以追溯到殷商聖君商湯，這種史料記錄確實非常清楚。

彰化名作家康原，因爲彰化地區流行的俗諺：「社頭蕭一半，鹿港施了了。」爲我寫了一段台語發音、繞口令似的打油詩：

〈社頭人姓蕭〉

社頭人攏姓蕭，姓蕭的詩人叫蕭蕭，
蕭蕭噴洞簫，洞簫號通宵，通宵眞美妙。
美妙的洞簫聲乎人心肝比卜跳，
跳甲社頭人蕭了了（肖了了）。

這首繞口令式的打油詩，應用了「社頭蕭一半，鹿港施了了」的俗諺，這句俗諺表示社頭以蕭爲大姓，鹿港姓施的人極多；俗諺的幽默在於諧音字的應用，「施」的台語諧音爲

「死」，「蕭」的台語諧音爲「肖」（瘋了），康原此詩中保留了這種挖苦的風趣性，還繼續將「蕭蕭」二字轉諧音爲「洞簫」、「通宵」，以「頂眞法」串聯成詩，特別富有趣味。不過，蕭氏先祖中倒眞有「吹簫引鳳」的佳話流傳。周宣王時有一位姓蕭當史官而被稱爲蕭史的人，因爲善於吹簫而聞名。秦穆公的女兒弄玉就是喜歡蕭史的洞簫演奏，嫁給蕭史爲妻，婚後夫婦相唱相隨，蕭史日日教弄玉吹簫作鳳鳴，果然引來鳳凰棲止，秦穆公因而造了一座鳳台，蕭氏夫妻一個乘龍，一個駕鳳，在簫聲中飛昇而去，果眞是神仙夫妻，果眞是「美妙的洞簫聲，乎人心肝比卜跳」。

我仔細閱讀我們蕭家的祖譜，漢初三傑的蕭何，月下追韓信的蕭何，蕭規曹隨的蕭何，眞的列名系譜中。在朝時建立許多佛寺，尊崇佛教，使「佛寺」又稱爲「蕭寺」，讓佛教文化與儒家思想、道家情懷鼎立，爲影響漢人生活習性，塑造漢人人格氣質的三種文化型模之一的齊高帝蕭道成、梁武帝蕭衍，眞的列名系譜中。撰寫《晉書》的蕭子雲，撰寫《後漢書》、《南齊書》的蕭子顯，眞的列名系譜中。編成《文選》，使純文學能眞正擺脫教化的籠絡，賦予純文學獨立生命的昭明太子蕭統，眞的列名系譜中。被唐太宗讚譽爲「疾風知勁草，板蕩識誠臣」的「八葉宰相」蕭瑀，眞的列名系譜中。

所以，來到社頭——清朝時百分之七十、日據時期百分之五十、現在百分之三十五爲蕭姓居民的社頭，不能不認識「蕭」這個姓，不能不參訪蕭氏祠堂，了解蕭家如何從江蘇、江西到福建漳州府，再到社頭地區。

社頭地區有七座蕭家祠堂，其中子孫人數最多、分布最廣的是「書山祠」（「書山」是指福建省漳州府南靖縣的書洋山），書山祠的地理位置就在社頭最南端，沿著員集路（一四一縣道）南行，快要進入田中市區時路叉分為兩條，右面是員集路經文興女中進入市區，左面（東側）是路面較為寬闊的東閔路（一般習稱外環路，不經田中市區，直接引向二水），「書山祠」就在這分叉路口「東閔路」東側，這是以書山始祖奮公為一世祖的祠堂（依此排其世代，我是第二十世）。

五世之後，六世祖仕鼎公的「深坵祠」（深水流長，坵陵鞏固），則建在社頭鄉舊社村南勢巷十號，重建的祠堂正身有濃濃的油漆味，年久失修的護龍仍然是斷垣殘壁，舉目望去，四周一片水田，這些農田原來有可能是屬於蕭姓祭祀公業的「祖公田」，日據時代這些水田的面積高達六千多甲，其富可知。六千多甲水田與這幅斷垣殘壁景象，其中有太多落差，時間？人？還是外在情勢的改變所造成？

以前，社頭鄉公所、社頭鄉農會，幾乎是姓蕭的人在主持、在辦事，人稱「蕭公所」、「蕭農會」，這樣的盛況還在嗎？時間？人？還是外在情勢改變這一切？站在祠堂前，似乎可以感受到這種文化變異的失落感，不論是不是姓蕭，不論是不是站在蕭家祠堂前。

舊時王謝堂前燕，飛入尋常百姓家。舊時尋常百姓家的燕子，也可能飛入王謝廳堂前。祖先與我，我與子孫，不都是這樣看著時間的燕子飛入、飛出？

輯五｜蓮、荷、果的聯合國

台灣農民生活清苦，但天性樂觀，看他們爲自己的農場取名，
就可以見識到那種處世的幽默。
譬如二水鄉南通路旁的「蓮荷果」休閒農園，
不仔細說，誰都會以爲是「聯合國」。這種風趣的智慧，
是天賦的農民性格，還是清苦的日子磨鍊出來的田家情趣？
譬如「秧牛厝」門前有對聯，上聯是「秧撿稻穀依舊金黄」，
下聯是「牛借春耕農序不輟」，横批則是「有罣無礙」，
又是一種農人的豪爽和豁達。

掏得出來的人情

……我們可以感覺到那不是各人自掃門前雪的地區，也不是幾個人就可以營造出來的和諧氣氛。我們會想到桃花源，卻不是桃花源的遙不可及，當然也不必找尋兩岸桃花、繽紛落英，多的是凡常的人情，相互關懷的人間溫馨。這就是「在地」生活的美學，歸人的幸福，過客所欣羡的平凡幸福。

從山腳路一路向南，過了清水岩，大概就快要進入田中鎮了。小時候，我們提到「田中」都依老一輩的習慣說「田中央」。說「田中央」時「田」的台語發音採用白話發音，類似國語的「產」，在「央」的後面還會發出「丫」的輔助音；說「田中」時「田」的台語發音採用文言發音，類似國語的「點」再音變為「顚」。不過，無論怎麼發音，「田中」

地名的由來就是因爲生活在農田之中，他們自稱是「稻穗的故鄉」。

山腳路進入田中鎭轄區，東側有一座少年輔育院（以前叫感化院），在鄉下地方這就算是一個重要的機構，一個地標，問路，以它作爲基準就沒錯。輔育院向南約一·五公里，可以到達「東興里」，彰化縣經營有成的示範社區，靠著當地人的智慧、向心力，不曾向政府申請任何補助而營造成功的「東興社區」就在路的東側。雖然「東興社區」在社區營造界十分有名，不過，當我就在社區巷口紅綠燈下，問一位騎著摩托車的二十多歲年輕人：「東興社區怎麼去？」他卻一臉茫然，連個往南一點、往北一點的概念都沒有。好在，憑著一點昔日的記憶，作爲報導記者的敏銳嗅覺，車子在紅綠燈下往前滑行五公尺，往東一轉，眞的就讓我發現到東興社區了。

社區是大家共同生活的地方，當然是平凡的巷道，平常的人家，但成功的社區卻隱隱然會有一股生命活力在蒸騰，彷彿隱約的香息。我們可以感覺到那不是各人自掃門前雪的地區，也不是幾個人就可以營造出來的和諧氣氛。我們會想到桃花源，卻不是桃花源的遙不可及，當然也不必找尋兩岸桃花、繽紛落英，多的是凡常的人情，相互關懷的人間溫馨。車子一停妥，就有一位先生上來搭訕，我請問：「口袋公園在哪兒？」他說不急不急，先帶你去看菸樓，典型的鄉下人個性，急著讓你看見他認爲美好的事物。

早期田中鎮，我知道有不少農民培植菸草致富，後來因為公賣局不再收購，種植面積銳減，目前只剩幾十公頃，不過，菸草長成時高出人身，整片菸田翠綠滿目，仍然極為可觀。那時的菸農都以傳統的方式，建樓烘製菸葉，這種烘製菸葉的老閣樓，早已廢置不用，今日看來，卻另有一種古意，值得觀賞。田中東興社區附近的復興、東源等里，都適合來一趟「鄉村菸樓懷舊之旅」。菸樓懷舊，當然看不到烘製的過程，不過，帶我來的楊先生說，他們準備將這裡整理出來，作為農具展示場，更能引發思古幽情，讓更多的人體會種田的辛苦。

離開菸樓，楊先生帶我進入小巷子，準備參觀口袋公園。進入巷子兩公尺，我就看到一個籃球場那麼大的新闢花園，草剛長，花剛種，徑剛闢，磚剛鋪，「就這麼小啊？」我脫口而出，有點失望。楊先生笑一笑說：「口袋公園在裡面。」想想也是。口袋嘛，本來就該在裡面。繼續穿過幾戶人家共用的門口埕，巷弄中出現了一座竹子搭建的「協心亭」，旁邊還有總統陳水扁的簽名，「阿扁來過。」「那口袋公園呢？」「這就是啊！」楊先生指著亭子的另一頭，眞的就掛著一塊老舊木頭，「口袋公園」四字赫然寫在其上，比剛才的籃球場花園還小，我再一次見識了種田人的幽默。

所謂口袋公園，所謂協心亭，也不過是三十坪大的一個空間，卻凝聚著東興社區居民的感情。日落農閒時，他們在這裡泡茶、聊天，或者唱唱歌、下下棋、說說菸草、鳳梨，或者不喝咖啡只聊是非都可以，這就是「在地」生活的美學，歸人的幸福，過客所欣羨的平凡幸福。所謂百姓，所謂常民，期望的也不過是一個小小的屬於自己的口袋（公園），隨時可以掏出一些什麼，跟故舊老友吹噓吹噓，即使是皺了的香菸，失去時效的話題。

走出口袋公園，我在想，我可以掏出什麼皺了的東西，分享哪些舊雨新雨？哪些故舊新知又可以優閒聽我說一些不學無術的芝麻蔥蒜？

田之中也有森之林

……想起「水雲峰」的命名，是因為「曾經滄海難為水，除卻巫山不是雲」。然而，真的曾經滄海就難為水嗎？真的除卻巫山就不是雲嗎？或許，我們也可以試著「行到水窮處，坐看雲起時」！或許，我們也可以行於所當行，止於所不可不止，一如蘇東坡的文氣，行之如雲，流之似水！

從山腳路一直往南行，過了東興社區繼續向南，來到「內灣」地區會遇到東西向的「中南路」。顧名思義，這是田中與南投的連接要道，往右轉可以到田中市區，往左轉，向東，八百公尺，就是田中鎮休閒遊憩處所最負盛名的鼓山寺風景區、田中森林公園。

田之中，也有森之林？

是的，這就是台灣。「榮民之家」在路之右側，「仁愛之家」就在路之左側；「達德商工」在右側，左側是軍營。所以，田中是稻穗的故鄉，卻也不妨害海拔三、四百公尺的高度林木森森。

我曾經在達德商工教書五年（一九七二～一九七七），擔任訓育組的工作，下午兩堂相連的作文課，最喜歡帶學生上學校後面的小山丘，觀察自然，感受風吹，聽聞鳥鳴。還曾經在山上開闊平坦的林地，當眾命名為「水雲峰」，樹立木牌作為標誌，後來鎮公所來此舉辦自強活動，就定名為「水雲峰自強活動」。三十年過去了，不知道「水雲峰」三個字有沒有流傳下來？

現在這條山路，由林務局增設棧道，成為林區登山步道，向東爬升，可以直上赤水崎，環繞一圈後回到鼓山寺門口；也可以直上東南，抵達名間松柏坑，再從二水豐柏廣場回到山腳路。

松柏坑又名松柏嶺，此地山林多種松柏，往下看是坑，往上看是嶺，因而得名。八卦山丘陵在這個地方為濁水溪所切斷，斷稜高處就是海拔四百多公尺的「受天宮」所在地，受天宮奉祀玄天上帝，宮前有一棵極高極美的鳳凰樹。從這裡可以瞭望彰化平原最南端遼闊的田園風光，濁水溪、清水溪、西螺大橋的溪光橋影歷歷在目，這就是南投八景之一

「松嶺遠眺」。這一大片山林，占地約四十五公頃，交通部觀光局定名為「田中森林公園」。

鼓山寺風景區與田中森林公園是連成一氣的。從達德商工校門口右轉進來，或從鼓山寺門前向南轉進，都可以到達停車場。鼓山寺風景區指的就是環繞鼓山寺的林木公園，這裡也是森林公園的入口。

鼓山寺所在的位置屬於田中鎮碧峰里，日據時期是神社建築，民國三十四年（一九四五年）改建，四十六年建寺，供奉釋迦牟尼佛，其後增建大雄寶殿，莊嚴肅穆，加上四周環境清幽，遠離塵囂，是比丘尼清修的聖地。

我在達德任教的時候，曾有比丘尼到校註冊，成為我的學生。三十年了，不知她們禪修到什麼境界？而我，曾經是她們的老師，又有什麼樣的修持？什麼樣的精進？緣起，緣滅，三十年後回到鼓山寺前，我低頭問自己：這山還是那山嗎？這水還是那水嗎？那飄過的雲呢？

想起「水雲峰」的命名，是因為「曾經滄海難為水，除卻巫山不是雲」。然而，眞的曾經滄海就難為水嗎？眞的除卻巫山就不是雲嗎？

或許，我們也可以「行到水窮處，坐看雲起時」！或許，我們也可以行於所當行，止於所不可不止，一如蘇東坡的文氣，行之如雲，流之似水！

作為人生的過客，生命的旅者，隨喜隨憂，隨行隨悟吧！只是不知憂多些，還是悟多些？

田中森林公園的登山步道蜿蜒穿行在山稜線上、相思樹林間，高低起伏，時有落差，到達最高點是南投縣境內的名間台地。這裡屬於台灣中海拔森林景觀，楓香之香與微紅，相思樹海之壯觀與黃之細緻，峭壁與深谷的對望，蝴蝶與鳥類的鑑別，登山、健行、森林浴，可以徜徉半個下午與整個黃昏。

鼓山寺對面，中南路的北側，就是長青自行車道的南面起點，向北騎行，可以抵達社頭鄉的清水岩，繼續往橫山前進。這條長青自行車道，我們小時候稱為「火巷」，是為了保護「保安林」，用來阻斷森林火災的防火巷。八十六年十一月興建完成，海拔高度在一二五～三九五公尺之間，遊走於八卦山脈南段西側山的腰腹間，可以盡覽社頭、田中的山野、平疇，是彰化地區適宜單車旅遊，山野活動的場所。

騎腳踏車的人由北而來，如果興味猶濃，還可以下中南路，南轉山腳路，繼續往二水方向的自行車道前進，欣賞平原風光。

這十二年來，為了照顧先父的廬墓，我在這條車道間來回走踏二、三十次，也算是熟門熟路了。但在生與死之間，作爲人生的過客，生命的旅者，我仍無法在楓樹香與桂花香之間做出選擇！

原野鐵馬

……騎著鐵馬，在最右側的二水集集觀光自行車道，往左一看，集集鐵路支線有不快的七分子車，更左則是員集路上急急奔向集集的汽車。在源泉車站這裡，還可以清楚看見三條路向，其後，它們就如天下之勢，分久必合，合久必分，分分合合，蜿蜿蜒蜒，從二水到集集，搬演著《三國演義》。這時，騎著鐵馬向原野，你要追逐風的速度？還是享受風的溫度？

一三七線道路，從我小學三年級學會騎腳踏車以來，她就是我的自行車觀光園道，向北，沿著這條山腳路，我到員林水源地（現在的百果山）張家——隨祖母回娘家，或者到東山曹家找姑媽。向南，沿著這條山腳路，我騎自行車到清水岩、鼓山寺聽蟬鳴、鳥叫。

這是我小時候的腳踏車勢力範圍，探親、觀光兩相宜。

其實，整條一三七縣道，從彰化到二水的山腳路，從郁永河到林白淵、到二十一世紀的今天，她一直都是自行車觀光園道。如果可能，棄汽車而就腳踏車，沿著山腳路迎風而行，仍然是浪漫、瀟灑，古厝、田野美好之旅。

不過，今天我們的兩條腿都已經「進步」（或「退化」）爲四個輪子，那就直接開車到二水火車站，再租輛自行車吧！「二水自行車觀光園道」可以從二水火車站開始，先向車站右側「生活茶坊」的許小姐租車，一輛一百元租金，黃昏以前歸還即可。租好車，循著鐵軌旁的車道向南，兩百公尺有懷舊老火車頭展示場，再行一百公尺是上豐平交道，這裡才是觀光園道眞正的起點。不過，這三百公尺可以當做試車道，暖暖身子，試試腳踏車的性能，調整座椅的高低，有問題還可以回頭換車。然後，我們就從「二水自行車觀光園道」起點牌樓處眞正開始吹著口哨，騎上單車。

二水集集觀光自行車道全長二十三公里，屬於二水段只有前六公里（粗黑字標示），全程如下：

二水車站↓0.2km懷舊老火車↓0.1km自行車道起點↓0.6km陳潭公祠↓0.5km

惠民路休憩區→0.9km彩繪穿廊→0.1km八堡圳休憩區→1.1km源泉站休憩區→0.5km林先生廟→1.5km八堡圳進水口休憩區→0.8km大吉養鹿場→4.3km綠園道→2km台三線→1km福興宮（義渡碑古蹟）→0.2km好漢坡→1.2km集集綠色隧道→8km集集小鎮

這是一九九九年由觀光局「八卦山風景管理所」利用集集線鐵道旁，台糖廢鐵道（五分仔車鐵枝路）規劃興建，剛好穿過二水最美的田野景觀，綠野平疇，盡收眼底，習習涼風，拂面而過，有時是小橋、流水，有時是古道、人家，可以看到歷史圳溝，可以參訪百年老厝，優優閒閒，田莊人的生活美學。

前面的三、四公里是常民的農村生活，穿行在自行車觀光園道，身旁仍會有三．五噸以下的農機車輛經過，路的兩旁盡是一片綠，一片黃，不必擔心錯過特別的景觀，只要隨意瀏覽，盡情觀賞。

騎過三．五公里，來到源泉車站，可以先右轉進入附近的村莊，詢問「鄭氏古厝」所在，前往參觀。鄭氏古厝坐落在二水鄉合興村英義路上，源泉車站附近，是二水鄉保存最完整的傳統三合院，有三進三院八護龍的規模，房間總數一百三十餘間。英義路的「英義」

二字就是鄭氏第十四代先祖的名諱，鄭家祖籍原在福建省興化府莆田縣，後來移居漳州府漳浦縣，兩百多年前由鄭剛毅（莆田派下第十二代）帶領移居台灣，定居彰化縣東螺東堡二水庄，到第十四世鄭英義時，才移居二水「學仔底」現址。整座鄭氏古厝，無人使用的已經十分殘破，有人住居的卻又經過多次增建，當然不復是百年前古貌。不過，百年來二水人的生活遺跡卻也因此歷歷在目。最近，鄭家後代子孫有意整修古厝，走向觀光農園、民宿的路向，古厝門口的風水池將種上蓮花搖曳生姿，目前則是雜草叢生，我拍下雜草叢生的風水池，或許將來可以跟蓮花池相對照，蔓草、蓮花的沿革，自有禪意在。

若是沒有找到鄭氏古厝，其實也無妨。附近隨處都是古宅三合院，有自己的圍牆，有自己的聚落，寧謐，純樸，都值得緩緩從他們的門口度過。就在鄭氏古厝的同一條巷子，我就發現了二、三十年沒見的兩座「穀亭畚」，興奮很久。「穀亭畚」是農民的穀倉，大約是鄉下一間房子那麼大的高度和寬度，漂亮的陀螺造型，圓錐形的屋頂，牆是竹篾片編成，裡外再糊上黏土，黏土通常還和上剁碎的稻草、牛糞、貝殼、砂糖，增加黏性，講究的還要塗上石灰，圓弧的弧度可以防老鼠爬上侵入。入倉取穀的小門設在一百八十公分高的地方，總要搭上木梯才能開啓，具有久藏、防盜、防禽畜的功能，現在已經很少見到了。

回到源泉車站。這是鐵路集集支線的第二站，這條支線興建於一九一九年十二月，兩年後完工，以二水站爲起點，沿濁水溪北岸東南行，經源泉、濁水、龍泉、集集、水里，到南投的車埕爲終點，全長二十九·七公里，原是爲興建日月潭水力發電工程及水里大觀發電廠搬運材料而鋪設，後來成爲轉運木材、到日月潭觀光的交通路線（二水人稱這種火車叫「七分子車」），現在則是旅遊休閒的重要通道及景點，是台灣鐵路縱貫線三條僅存的支線之一（另外兩條是基隆的平溪支線、新竹的內灣支線）。

集集支線在二水鄉境內可以欣賞山、川、田、野，進入南投縣境則是長達數公里的集集綠色隧道，整排數百棵老樟樹的芬芳。騎著鐵馬，在最右側的二水集集觀光自行車道，往左一看，集集鐵路支線有不快的七分子車，更左則是員集路上急急奔向集集的汽車。在源泉車站這裡，還可以清楚看見三條路向，其後，它們就如天下之勢，分久必合，合久必分，分分合合，蜿蜿蜒蜒，從二水到集集，搬演著《三國演義》。

這時，騎著鐵馬向原野，你要追逐風的速度？還是享受風的溫度？

林先生與彰化母親河

……我問山腳路邊的老先生，他們說父執輩都說「二八水、二八水」，從來也沒說為什麼是「二八水」或「二幅水」。看來，地形改變，地名改變，歷史跟著改變，記憶也跟著改變。人在時空中，又能存留多少真實的記憶？對於母親，我們又能存有多少感恩的記憶？

源泉車站前行五百公尺，北側是八堡二圳取水口，南側是林先生廟。再往前一千五百公尺則是八堡圳進水口，可以看見濁水溪滾滾濁水從閘門進入圳渠的壯觀場面，這是先賢所建私圳，後來成爲公圳，將近三百年的水利工程，至今仍灌溉著彰化縣三分之二的農田。因此有人稱「八堡圳」是「彰化的母親河」，教人民引水成功的林先生是「台灣大禹」。

大約三百年前，清朝康熙四十八年（西元一七〇九年），鳳山拔貢後陞兵馬指揮施長齡（又名世榜），爲了讓彰化平原肥沃的土壤，能長期擁有水的滋潤，特別設計開鑿八堡圳接引濁水溪的水灌溉。但是試盡許多攔阻、截取的方法，終究無法有效攔水入懷，眼睜睜看著滾滾濁浪西逝而去，無可如何。這時出現一位老者，教導當地人使用籐、竹紮成竈籠，其狀如筍，籠內裝入石頭，當時稱爲「籠仔筍」或「石筍」，才成功地將濁水溪富含有機質的「肥」水，引入八堡圳中，灌溉當時的東螺東堡、武東堡、武西堡、燕霧上堡、燕霧下堡、馬芝堡、線東堡、二林上堡等八堡（所以稱爲「八堡圳」），包括今天的二水、田中、社頭、員林、大村、花壇等八卦山腳的大幅平原，還源遠流長，滋潤秀水、福興、鹿港等近海鄉鎮，共一萬八千餘公頃農田。這位賢者自稱姓林，沒有留下名字，《彰化縣誌．人物誌》說他衣冠古樸，談吐風雅，不求名利，惟以詩酒自娛。爲了感念他引水之功，當地人士在八堡圳引水口附近建立了一座「林先生廟」紀念他。

「林先生廟」除了祭祀林先生，左右並配祀開圳有功的施世榜與黃仕卿。施世榜是出資開圳的先賢，從一七〇九年開鑿圳渠，到一七一九年才施工完竣，這條圳渠因而稱爲「施厝圳」或「濁水圳」。一七二一年，清康熙六十年，埔心仕紳黃仕卿又開鑿了「十五庄圳」，灌溉十五個村莊，因水源不定，在一九〇七年延伸到二水鼻仔頭，從施厝圳取水，改稱「八堡二圳」，先前的「施厝圳」就被稱爲「八堡一圳」。這兩位先賢同樣對彰化水利具有功績，所以配享「林先生廟」的香火，同樣受到彰化農民的崇敬。

「林先生廟」門口的牌坊寫著「八節振農桑治水功追禹帝／堡渠充灌溉立坊德仰林公」，進入牌坊後，左手邊是「林先生廟」，右手邊則是水利會辦公大樓，這樣的配置，眞讓人有著林先生「功追禹帝」、水利會執事先生們「德仰林公」、要以林先生爲楷模的決心。「林先生廟」門前有一個小型公園，林先生當時教人阻水引水的「土工法」所用的「籠仔笱」，有實物展覽在「源頭」刻石的旁邊，供人讚歎欣賞。

騎著腳踏車一路走過八堡圳灌溉的田野，尋訪到引水有功的三百年前的賢人，看到了八堡圳取水口、進水口，會不會想到「二水」地名的由來是否跟「八堡一圳」、「八堡二圳」有關？我的父執輩提到「二水」稱之爲「二八水」，這是古地名，會不會是因爲兩條「八堡圳」的水而得名？仔細查對「八堡一圳」、「八堡二圳」的名稱始於一九〇七年，但「二八水」之名卻早在這一年之前就有了，可見不是來自兩條「八堡圳」。那會是來自哪兩條水流？二水正當濁水溪出山後與清水溪合流處，濁水溪下游則又分爲東螺溪、西螺溪，這兩處都呈現「八」字形，所以是二「八」水？或者，濁水溪南岸、北岸來往，古來都要乘坐「流籠」渡過濁水溪與清水溪二幅水，所以稱這裡爲「二幅水」（台語稱有寬度的東西為「幅」，如一幅布、一幅圖，「幅」的台語發音類近台語的「綁」），也不無可能啊！

回到山腳路上時，我問山腳路邊的老先生，他們說父執輩都說「二八水、二八水」，從來也沒說為什麼是「二八水」或「二幅水」。看來，地形改變，地名改變，歷史跟著改變，記憶也跟著改變。人在時空中，又能存留多少眞實的記憶？

對於母親，我們又能存有多少感恩的記憶？

鬼針草風味餐

……「鬼針草」也有人稱之為「咸豐草」，咸豐是清文宗皇帝（西元一八五一～一八六一年）的年號，所以，劉炳賀笑說：來喔！來吃皇帝菜喔！這樣一桌風味餐，鬼針草、龍葵、淮山、南瓜、絲瓜等「十菜二湯」，十人享用，只要兩千元而已。或許，不久以後，這裡也會成為自找苦吃自尋餘味的一群人，所形成的新的聚落；或者周休二日就會出現的，逐水草而居的，新遊牧民族。

所謂群居，所謂聚落，所謂都市，其實可以用一句話來說明這種文明的進步，那就是努力「讓百分之九十九的人住居在百分之一的土地上」。不過，進步到某一種文明以後，人類又開始努力「引誘住居在百分之一的土地上的人跑去另外百分之九十九的土地上」。

不用說，你也知道，這就是所謂的休閒農業。

休閒農場的開發、設立，將會是台灣農業走向精緻化之外的另一條可行的路子。許多農友躍躍欲試，但是必須熟悉相關法令，提報經營計畫，這對於每天與炙陽、露水、菜蔬、瓜果為伍的農民來說，是一件頭疼的事。因此，全國到處有休閒農業，眞正合法登記，確實經過檢覈的只有五家。還好，繼宜蘭休閒農業經營有成之後，彰化縣也急起直追，九十二年底已有三家合法的休閒農場。其中之一是由農業局主導的「二〇〇四年國際花卉博覽會」會場，選擇溪州台糖二十一公頃土地，在長達兩個月的展覽期之後，將會以休閒農場的姿態永續經營。另外兩個休閒農場則是農友私人經營，一個是在芬園鄉山上「八卦山昆蟲生態休閒農場」；一個是在二水鄉，我們沿山腳路直行到盡頭，左轉向東，順著員集路再走一．五公里，「無源宮」附近的「大丘園休閒農場」，開車可達，騎腳踏車也可到達，這裡就是三個自行車租借處之一。

大丘園休閒農場的經營者劉炳賀，原來是農會蔬菜產銷班班長，擁有農地將近兩公頃，目前未加任何人工設施，原始的自然風味，彷彿是一座平地森林。將來，據劉炳賀表示，也不會增加許多亭園設施，絕不破壞田園應有的自然型態，保留農家最質樸的眞誠。他說，他一直是以有機自然栽培的方式，生產蔬果，不施農藥，遊客入園，只要看見黃熟的水果，隨手摘取、清洗，就可以食用。甚至於，他栽植了許多迷迭香、薰衣草、薄荷等香草，遊客可以隨自己的口味擷取，以滾燙的開水直接沖泡生鮮的香草，直接感受花草的自然清香。這種口感，會跟城裡罐裝的英國花茶有所不同，尤其是坐在自己隨手攜帶的小座椅上，綠蔭深濃的果樹底下，別有情趣。

檳榔樹下的小池塘原來可以供綠頭鴨戲水，目前放掉了水，準備整修，綠頭鴨自動排隊前往草叢、樹蔭，呱呱叫。火雞棲息在葫蘆瓜架下，外面罩著巨紗網，巨紗網一方面保護火雞和葫蘆，免受蚊蠅叮咬，一方面可以圈住火雞不讓牠們亂跑，同時也讓火雞把園內的草啄食得乾乾淨淨。火雞失去了自由，還要勞動除草，看見生人來到，馬上昂起頭抗議，咕嚕咕嚕輪唱不已。這是大丘園休閒農場內會跑會叫的生物，不會跑不會叫的生物那就更多了，有的躲在更寬的巨大紗網內，有的囂張在更大的天地間，牠們都一樣奮力成長。

對於不會跑不會叫的「生物」，如果是躲在紗網內，人工種植的，我們叫它「菜」；裸露在紗網外，野生野長的，我們叫它「野草」。我們不種田的人分得清清楚楚，種田的、而且還是專門種菜的農場主人劉炳賀夫婦，卻把它們都叫做「菜」，還要將這些網內網外的「菜」，做成十菜一湯的「風味餐」請遊客品嘗。尚未正式開張的時候，就有許多人慕名而來，小小的住家門口埕往往坐滿了不怕面有菜色的吃草人。

野草做菜，劉炳賀最得意的是以「鬼針草」研發烹製各種菜餚，原本是人見人怕的野草，線形的瘦果頂端生有三、四枚「芒狀冠毛」，往往附著在人的衣服上傳布種子，一般人又稱之為「婆婆針」，避之唯恐不及，如今卻成為風味佳餚，的確匪夷所思。「鬼針草」整株上下都可以供藥用，民間通常用來治療被蛇、蟲咬到的創傷。根據劉炳賀的研究，「鬼針草」還有利尿、解毒、散瘀的功能，所以他嘗試以「鬼針草」的嫩葉來做菜，炒魚乾、炒肉絲，或者煮湯，吃起來會讓你想起自己的一生：有些苦澀，有些回甘。

「鬼針草」也有人稱之為「咸豐草」，咸豐是清文宗皇帝（西元一八五一～一八六一年）的年號，所以，劉炳賀笑說：來喔！來吃皇帝菜喔！這樣一桌風味餐，鬼針草、龍葵、淮山、南瓜、絲瓜等「十菜二湯」，十人享用，只要兩千元而已。不過，必須一天以前電話預約。

或許，不久以後，這裡也會成為自找苦吃自尋餘味的一群人，所形成的新的聚落；或者周休二日就會出現的，逐水草而居的，新遊牧民族。

蓮、荷、果的聯合國

……孩子在池中划行，在草原上翻滾，在爌窯邊等待，大人則可以在芒果樹下，觀天亭旁，面對堆疊的酒甕，享受現採的花茶。花茶品類繁多，隨季節更換，隨口味挑揀，假日還提供二水「田家樂」風味餐，佐以清新的田土香、稻香、草香，大把的新鮮氧。這樣的田園裡，連陶淵明、王維、孟浩然都不去想他，更不用提起心機重重的政客，翻雲覆雨的企業主。

台灣農民生活清苦，但天性樂觀，看他們為自己的農場取名，就可以見識到那種處世的幽默。大村鄉有名的「台大蘭園」，任何人都以為是台灣大學提供學生實習的蘭花培植場，其實不是，只因為她坐落在「台灣大村鄉」，所以簡稱為「台大」。二水鄉的「大丘園休閒農場」，以台語念一遍「大丘園」，就知道園主的自豪和信心；還將「鬼針草」做成的美味，命名為「皇帝菜」，如果不是有苦中作樂的曠達胸懷，何能至此？二水鄉南通路旁的「蓮荷果」休閒農園，不仔細說，誰都會以為是「聯合國」。這種風趣的智慧，是天賦的農民性格，還是清苦的日子磨鍊出來的田家情趣？

蓮荷果休閒農園，占地兩甲多，原來單純從事農業生產，以勞力換取生活資源，但是這種勞力生產的方式，可不可以加上一點勞心，減少一點勞力，同時提供更多的人也有接觸田園自然的可能？因此，農田主人陳先生多次這樣思考台灣農業的發展，一夜醒來，毅然決然轉型為休閒農園。「蓮荷果農園」一進園就有三座池塘，分別種植了菱角、睡蓮、荷花，這時，遊客會開始搜尋：「蓮有了，荷有了，果在哪裡？」一路尋去，果然有果，隨著四季的變化，芒果、龍眼、芭樂、仙桃，分布園內，隨時驚喜，當然不要忘記「蓮荷」也有「果」，園區的最裡面還有一座開得更玉立的荷花池。

「蓮荷果農園」在豐富的自然生態景觀中，不知不覺注入了農村的生活教育，使孩子在園區內不僅有著好玩、好看、好吃的感覺，還無形中認識了父祖輩農家生活的艱辛與樂趣。譬如，從前農友稻子收成以後，保存稻穀的「穀亭畚」，堆疊稻草的「草瓠」等農村景觀，各搭一座在廣大的草原上，讓老一輩的引發思古之幽情，讓年輕的新世代感受先民的勤儉樸實。再如，將農家搭蓋在田間作爲農具儲藏的水泥板屋，改用濁水溪畔撿來的漂流木加以組合，稱爲「秧牛厝」。因爲以前有的農人會蒐集別人秧田鏟餘的秧苗去播種，借鄰居的水牛去耕田，物物盡其用，不使有用的物資成爲廢棄的垃圾，所以稱爲「秧牛厝」。「秧牛厝」門前有對聯，上聯是「秧撿稻穀依舊金黃」，下聯是「牛借春耕農序不輟」，橫批則是「有罣無礙」，又是一種農人的幽默和豁達。

其他給小孩玩耍的遊戲場所，無形中都能給孩子啓發，如以鐵路廢枕木搭建的「木棧道平台」（不要忘記，二水鄉是全台灣擁有縱貫線、集集支線七分仔車、台糖五分仔車的鐵道小鄉），枕木與廢棄纜繩不同材質繫連固結的「觀天亭」，泥土塑造的「燻窯區」、「烤肉區」，都啓發孩子：廢物再利用就不是廢物，讓孩子在廣大的天地間嬉戲，既享受大自然的賞賜，也享受視覺藝術的新造型。

最特殊的地方景觀，是「流籠」的搭建，二水鄉緊鄰台灣第一大河濁水溪，過去民眾渡過「二幅水」需要的簡便竹橋、「流籠」，都在寬廣的蓮花池上搭建重現。以前求生的驚險工具，現在是小孩子最喜歡玩耍的玩具。過去還有人利用大木桶（腳桶）飄行水面，「蓮荷果」則加上大型廢輪胎內胎套在桶外，增加浮力，減少衝撞，成爲「水桶船」；或是保留最原始風貌的刺竹編紮的「竹排子」（竹筏），讓孩子漂流池間，聯合國中不分國別，不分種族，不分年次，都以歡樂的笑聲回應自然。

孩子在池中划行，在草原上翻滾，在爌窯邊等待，大人則可以在芒果樹下，觀天亭旁，面對堆疊的酒甕，享受現採的花茶。花茶品類繁多，蓮花茶是不用說了，薰衣草、迷迭香、桂花、金桔、檸檬、香茅的多種花草飲品，隨季節更換，隨口味挑揀。假日還提供二水「田家樂」風味餐，佐以清新的田土香、稻香、草香，大把的新鮮氧，池中有蝌蚪，有青蛙，水面上有豆娘，有蜻蜓，空中有蝴蝶，有斑鳩，春末夏初還有火金姑。這樣的田園裡，連陶淵明、王維、孟浩然都不去想他，更不用提起心機重重的政客，翻雲覆雨的企業主。

放懷享受田家的優閒，生命的優閒吧！

或許，這時才稍稍體會農家的心胸眞有天地那麼大，隨時可以飄幾朵雲。

水中取石且呵石生水的人

……記得詩人周夢蝶的詩句：「誰能在雪中取火且鑄火為雪？」我們真的不知道，但是我們知道「誰能在水中取石且呵石生水」。二水鄉員集路四段已經形成一條硯雕工藝觀光街，他們都是在水中取石的人，他們取的都是螺溪裡的硯石，都可能呵石生水。其中成就最特殊的有兩位，一位是老師傅謝苗，曾得到教育部「薪傳獎」；另一位是中壯一代的藝術家董坐，兩度得到文建會「文馨獎」（一九九八，二〇〇〇）。

古老的寶物要從古老的傳說開始說起。也不知是多久以前的故事了，總是進京赴考的學子，總是粗心造成的錯誤，總是還好有位賢淑的母親，故事總是這樣。不同的是，這是有關二水螺溪硯的故事，有些溫馨，值得傳述。這位二水出身的學子赴京城考試，筆、墨、硯、紙，文房四寶的硬體設備帶了齊全，卻忘了將靈魂之物——水帶進考場，好在，母親爲他準備的是「螺溪硯」，他輕輕以口向硯呵氣，螺溪硯石有了深濃的色澤，有了潤澤的水氣，有了微細的水分子，有了可以磨墨的水珠，這就是螺溪硯的神奇。鋪平紙張，研好墨，他寫下第一句：「古老的寶物要從古老的傳說開始說起。」

記得詩人周夢蝶的詩句：「誰能在雪中取火且鑄火爲雪？」我們眞的不知道，但是我們知道「誰能在水中取石且呵石生水」。二水鄉員集路四段已經形成一條硯雕工藝觀光街，他們都是在水中取石的人，他們取的都是螺溪裡的硯石，都可能呵石生水。其中成就最特殊的有兩位，一位是老師傅謝苗，曾得到教育部「薪傳獎」；另一位是中壯一代的藝術家董坐，兩度得到文建會「文馨獎」（一九九八，二〇〇〇）。就中，董坐繼承父志，在一九九二年成立「董坐石硯藝術館」，蒐集、展示、傳襲硯雕藝術。因此，到了二水，不到「董坐石硯藝術館」坐坐，賞玩硯雕藝術，不能算是到了二水。

占地一百坪，分爲兩層樓使用的「董坐石硯藝術館」，就在員集路四段「地下道」北端的出口處東側，如果是由斗六沿彰雲大橋北上，進入地下道後，車速放緩，出口靠右就是館址所在；如果是由員林南下，過了田中，看見地下道必須停下來從右側迴轉（岔路左側進入地下道直進斗六，右側順著員集路轉入二水市區），這時往東側望去，就看到紅色二樓建築物，那就是「董坐石硯藝術館」。藝術館一樓展售一般螺溪石硯台及奇石、雅石，後側是董先生七十坪的工作室，堆放他「水中取石」的成果。二樓展示董坐先生自己的硯雕作品，件件珍奇，每一刀都是獨運的匠心，每一座都述說著心靈的一次吶喊，或許也可能有「呵石生水」的奇蹟。

董坐，世居二水鄉，自幼即隨著硯雕名家的父親董壬申先生（一九〇七～一九八四）學習，個性堅毅，能自我揣摩，研思，四十多年硯雕技巧時有創新。從他臉上、手上的肌理，可以看出生命的執著；從他眼神的靜定，可以知道滾滾濁水溪不能使他揀選螺溪硯的心驚慌，滾滾生命洪流的眾生現象卻會在他的銼刀下一一呈現。一般的硯雕師傅會在石材上鑿刻龍、魚、牛、龜、蛙等近水的生物，吉瑞的徵兆，董坐卻以生命的本質加以思考，不只追求形態的逼眞，還要透過大地的現象，尋覓生的哲學，活的美學，這種硯雕藝術的發揚，最是珍貴。

二水觀光，其實也可以添加「採石之樂」，日人藤山雷太的《台灣遊記》曾描寫這種樂趣：「愛好者要獲色優質良的螺溪石，必須花費一番苦心，而後樂在其中。其過程有如釣魚，原石採集，似持竿垂釣；琢磨雕鑿，似得魚之煎煮炒炸；鑑賞成硯，似品嘗美味佳餚。」「鎮日徬徨於沙礫之間，全身汗如雨濕，日曬如焦，偶得原石，即背負之，如得甘泉焉。」不過，金砂、銀砂、水波紋這種罕見的硯石，大多沉埋在很深的溪底，如果不是雅好石頭的人，可能要選擇大雨之後的日子，在溪畔碰碰運氣吧！

如何在濁水溪畔選取眞正的螺溪石？從螺溪硯的傳說故事中，其實可以得到啓發。董坐認爲：應該選擇大雨之後、日初之時，趁霧氣未散，檢視石頭表面，已經爆乾的就是普通溪石，石材質地仍濕潤的，才是好的硯石。或者，拿刀子刮石頭，不論何種石色，如果呈現的是潔白的石粉，拇指與食指再輕輕揉搓石粉，感覺細滑，這可能就是好石材。

爲什麼叫做「螺溪石」？是因爲濁水溪水流湍急，常出現渦漩，恍如螺殼旋紋，所以舊名「螺溪」。螺溪從二水一分爲二，稱爲「東螺溪」、「西螺溪」，從這裡挑揀的硯石，就稱爲「螺溪石」。董坐工作室裡存有許多灰褐、墨黑、靛青、黛綠、棗紅、暗紫各種不同色澤的螺溪石，這是他們夫妻兩人日出之前完成的功課。他們要挑選石質溫潤的，光澤細緻的，才能貯水久而不乾，發墨易而不澀。

其次，如何辨別好硯台？董先生指出：首先是觸覺，天然的石頭是涼的，石硯摸起來當然應該是涼的，溫潤的；其次是視覺，石硯有石頭自然的紋理、色澤，假硯則可能染蠟增加光澤；第三是嗅覺，眞石不怕火燒，假硯台可能利用塑膠灌模，添加碎石，用火一燒，會有塑膠臭味；第四，以刀子刮硯台，石硯粉末紛飛，假硯台是以塑膠灌模，會出現刨鉛筆時捲曲而出的那種木屑物。最後，回到螺溪硯的傳說故事，螺溪硯呵石可以生水，因此，對著硯台輕呵一口氣，如有潮潤感，當是好硯石。

「彰化南四十里有溪焉，源出內山，由水沙連下分四支，最北爲東螺溪，溪產異石，可裁爲硯，色青而元，質潤而栗。有金砂、銀砂、水波紋各種，亞於端溪之石。然多雜於沙礫之中，匿於泥塗之內，非明而擇之不能見，一若披沙而揀金者。噫！天之生是石也，不知幾百於茲矣。」「然吾聞是溪之源，數百里而遙，既眞知所出自，又分爲數支，如此而埋沒者，何可勝數！茲擇所最幸者，由是使石工雕琢之，進而觀國之光不難也。」清朝嘉慶年間，舉人楊啓元的〈東螺溪硯石記〉開啓了螺溪硯的傳奇，說的是石的「色青而元（玄），質潤而栗」。但是，如果再進一步思考是什麼使溪石質潤而栗，可以積水多日不乾，應該是濁水溪的水渾濁，密度高，要進入石頭裡不容易，千年萬年之後，滋潤既久，石頭的質地又細密，濁水在石頭裡面也就可以千年萬年，自然積水不乾涸。這是水與石，極軟與極硬，千年萬年的愛戀所造成，我們能不仔細賞玩、見證嗎？

永靖長美餘三館

……「永靖枝仔冰，冷冷硬硬」，這是小時候對永靖的第一印象。念這句話時，「靖、冰、冷、硬」這幾個發「ㄥ」韻的字音，我們都故意學永靖人從上顎、鼻腔間發聲，說著玩著，非常愉快。這種腔調就叫「永靖腔」，「永靖腔」在發「ㄥ」韻時，會自動加上「ㄧ」介音，好比說，台語的「冰」，他們發出的音好像國語的「邊」，「冷」好像國語的「練」。當時，永靖製冰業相當發達，小學五、六年級我的第一份工讀工作，就是賣永靖「瑞成冰行」的「枝仔冰」、「芋仔冰」。

「永靖枝仔冰，冷冷硬硬」，這是小時候對永靖的第一印象。念這句話時，「靖、冰、冷、硬」這幾個發「ㄥ」韻的字音，我們都故意學永靖人從上顎、鼻腔間發聲，說著玩著，非常愉快。這種腔調就叫「永靖腔」，「永靖腔」在發「ㄥ」韻時，會自動加上「ㄧ」介音，好比說，台語的「冰」他們發出的音好像國語的「邊」，「冷」好像國語的「練」。當時，永靖製冰業相當發達，小學五、六年級我的第一份工讀工作，就是賣永靖「瑞成冰行」的「枝仔冰」、「芋仔冰」。

爲什麼永靖人的腔調會跟我們（漳州人）不同？因爲永靖是廣東省潮州府饒平縣的「福佬客」建立的街市，可以想見清朝漳泉械鬥的時代，潮州人必不可免捲入這種紛爭，因此，嘉慶十八年（西元一八一三年），當時的縣長楊桂森先生命名此地爲「永靖」，應該有期勉當地潮州人能與附近居民和平共處、永久平靖之意。不過，這是政治因素命名法，也有人認爲應該是經濟因素影響命名的可能性較大，這時就有兩種不同的傳說，而且水火殊途。第一個說法是因爲永靖地勢低窪（舊名：湳港西），一遇到颱風、暴雨侵襲，容易積水成災，終年辛勤耕耘的農作物因而泡湯，所以命名「永靖」，期能水患止息，永保民生安寧。第二個說法是因爲這裡的房子多爲竹子所搭蓋，易釀火災，居民生命財產損失慘重，所以有人建議改名「永靖」，種榕樹在永靖街、中山路交叉口，街的兩端供建「永奠宮」、「永福宮」，祈求平安。這兩種說法，「水火殊途」，但也同時反映：民生安和樂利，是自古以來大家共同的期望。

永靖位於社頭的西北側，從社頭新厝有「永興路」可以相往來，東北與員林、西南與溪湖微微接觸，北邊是埔心鄉，最長的疆界是南邊，完全與田尾相接壤，可以說永靖與田尾是命運共同體，同以盆栽、園藝、花卉而有名，唇齒相依，榮衰與共，「田尾公路花園」的北端入口就在永靖鄉境內，外來的人實在不易分清這兩鄉的區隔何在。一般都說，田尾農業的重點在花卉、園藝，永靖則擅長盆栽，花苗、樹苗、果苗是全台最大產區，吃檳榔所需要的荖花、荖葉，不管是種植、栽培的技術，投資、銷售的管道，據說都操縱在永靖人手裡。

行駛中山高速公路，從員林交流道下來，沿一四八縣道東行，可以接上一號省道，往右向南行，就是永靖、田尾，公路兩旁全是園藝植物，漂亮的盆栽，作龍飛鳳舞、鳳凰振翅的樣子，沿路都是景點，隨時可以停車欣賞、休憩，倒不一定特別選擇哪一家。

我選擇「台果種苗園」是因爲門口好停車，車子靠邊，九十度一轉就停好了。園主陳信長說他們專業改良各種果苗，美國釋迦、熱帶水蜜桃、日本杏花都有，花卉盆景，庭園設計，有機肥料，都是經營的項目。我好奇的是，前院遮陽的棚子是以各種彩色的塑膠繩繫結起來，果然數大就是美，遠遠一望，頗爲壯觀；可是爲什麼不栽植爬藤類植物，讓它們自然垂下蔭涼，也好顯示綠色植物之美，栽培之功？原來這是新設的門市部，眞正的種苗園是在前面一點某個小路踅進去。其實，永靖地區任何小巷踅進去都是樹苗的家，可以欣賞許多植物的幼年時代。

最近他們在推廣原產西非的一種植物，學名叫做 Synespalum dulcificum，結出來的紅色漿果，形狀大小略似洋橄欖（1 × 2cm），可以將酸性水果轉化成甘美如飴的果實，只要吸食一粒的一小部分果肉，就可以「食醋像飲蜜，吃梅甘如飴，檸檬似瓊漿，烈酒若甘露」，時效長達一、兩個小時，本身富含維他命C，常吃可以預防感冒。這種常綠性灌木植物，株高二至六公尺，適合庭園造景，在台灣被稱為「神祕果」。

園藝植物隨季換新、移植，但是古厝卻是一百多年定居在此的民生見證。永靖有一座列名十大古厝的「餘三館」頗值得參觀。十大古厝，依據李乾朗所著《傳統建築入門》（台北，行政院文建會，一九八五，頁一九一），是指：板橋林宅三落舊大厝、霧峰林宅宮保第及景薰樓、永靖陳宅餘三館（彰化縣）、竹山林宅敦本堂、大溪月眉李宅、潭子林宅摘星山莊、豐原呂宅筱雲山莊、佳冬蕭宅、秀水陳宅益源大厝（彰化縣）、鹿港元昌行（彰化縣）。彰化縣境有三座，「餘三館」位於永靖鄉中山路一段四五一巷二號，就在省道旁，再過去一點是「陳氏家廟」（建於一九一五年），廟、館兩旁或前方，仍然是園藝世界，綠葉掩映。

「餘三館」是一座保留閩南民宅風格，又融入粵東建築特色，單進多護龍三合院。格局簡單優雅，處處彩繪，維護情況良好，目前仍在使用，被列爲國家三級古蹟。清光緒十年（西元一八八四年），由陳氏先祖陳有光、陳成渥兄弟集資興建，費時七年竣工，目前正廳神龕兩側懸著「恩授貢元」、「成均進士」執事牌，是同治年間陳有光納捐所得功名。「餘三館」的特色顯現在實用與美學的搭配上，如三開間門樓，讓客人與主人相會前有一個等待和整裝的空間；如隔牆的鏤空花窗，既有阻擋視線、保護隱私的作用，又保留通風的效果，極具巧思；如正身步口廊上的梭形柱，視覺美感甚佳，力學的支撐作用絲毫未變；兩端的瓶形彎弓門，形制令人讚歎，又寓有「平平安安」的頌禱之意。更不用說板壁上的吉祥圖案，梁枋上的人物畫作，瓜筒的造型，斗拱的雕工，在在令人目迷神馳。

這樣的古厝安置在綠葉掩映的園林裡，綠葉掩映的園林裡有著這麼一座氣息典雅的三合院，眞的不辜負「永靖」這樣的地名。

花鄉≧花香＋草香＋咖啡香

……白天進入田尾公路花園，不是進入一條公路，而是進入一座花園；不是進入一座帶狀花園，而是進入一座占地九百五十公頃的小型國家公園。公路花園全長五公里，萬紫千紅，繽紛絢麗，新翻泥土的芬芳夾雜著花香，新爆嫩芽的翠綠夾雜著花色，促使眼睛的照相機快門不時按下又按下，腦海裡的數位錄影機不停地錄製、拍攝，拍攝、錄製。

冬天的晚上，開車經過中山高速公路，在員林收費站前後，總會發現公路兩旁數十萬個燈泡齊照夜空，明亮耀眼，璀璨無比，這裡就是素有「花鄉」之稱的田尾鄉。田尾菊花每年生產四千萬枝，外銷日本、香港等地，主要集中在柳鳳村占地七十餘公頃的「菊花栽培專業區」。這種「燈泡照明法」（又稱爲「電照栽培法」），是因爲菊花屬於「短日照」植物，太陽照射不久就會開花。但是這麼短的日照時間，不足以使花莖吸夠需要的水分，影響花蕾的發育，花莖既短，花蕾又瘦小，不適合做切花，因此爲了延遲開花時間，於是發明這種電照栽培法，藉著燈泡長時間照射，控制花期，等枝幹長得夠高夠粗夠挺拔，再熄去燈火，就會開出大朵大朵的鮮菊花。每次經過這片不夜城，在高速行進的車子裡，總會想起古詩十九首：「晝短苦夜長，何不秉燭遊」的詩句。人，不僅自己要秉燭夜遊，還要花也陪他晝夜不停地長大花莖、長大花蕾、長大美。

眞的「數大就是美」。田尾全部耕地面積有一千八百七十二公頃，其中公路花園區花木苗圃面積就占去一半，約有九百五十公頃，白天進入田尾公路花園，不是進入一條公路，而是進入一座花園，不是進入一座帶狀花園，而是進入一座占地九百五十公頃的小型國家公園。

田尾公路花園就在一號省道田尾段西側，從北部南下的由員林交流道出來，向東行，接一號省道往南，在永靖就可以看見巨大的標示牌（台一線省道二二二公里附近），往右（往西）踅進去就是公路花園。如果是高速公路北上，則從二二一公里處下「北斗埤頭交流道」，接一號省道往北，可以從「南入口」（台一線省道二一四公里附近）往左（往西）轉進。我建議從南入口進入，循民族路而行，找到「怡心園」附近的形象商圈，比較不會迷路。雖然，迷路也沒有什麼不好，因為處處都可能有驚喜。

這條公路一九七三年開始規劃籌建，一九七六年完成了別具風格的園藝觀光區，拓寬道路為九公尺，從永靖鄉的港西村、溪畔村、柳鳳村，到田尾鄉的饒平村、打簾村，五個村莊連成一氣，全長五公里，萬紫千紅，繽紛絢麗，新翻泥土的芬芳夾雜著花香，新爆嫩芽的翠綠夾雜著花色，促使眼睛的照相機快門不時按下又按下，腦海裡的數位錄影機不停地錄製、拍攝，拍攝、錄製。

根據當地農民的說法，田尾、永靖地區東面接近八卦山丘陵地帶，西邊離台灣海峽還有一段距離，沒有海風吹襲，氣候溫和，加上土質屬於肥美的砂質壤土，排水設施良好，適合栽植花卉、樹苗，因而發展精緻農業，栽培花卉、樹苗，講究盆栽的藝術造型，包括：木本性的觀賞樹木，耐陰性的觀葉植物，盆栽花草，仙人掌盆景，果苗栽植，菊花、滿天星及其他球根性、草本性鮮花類，因而有「花卉王國」的美稱。

最近兩、三年，美麗的花卉、庭園，又結合了精油、香草、咖啡的芬芳，冰淇淋的美味，養生餐的正確理念，公路花園在SARS的陰影之後，以清新的空氣、芬芳的花香、開闊的視野，獲得遊客更多的青睞。

我選擇進入的第一家，是「美成花草人文花園」，招牌上特別突出「花草人文」四字。園主吳俊賢說，美麗的花草也應該帶有人文關懷。婦幼節時呂副總統曾帶著女性從政人員，選擇這裡作爲賞花、賞陶的據點。門口置放著二十幾盆香草、薰衣香茶（幫助睡眠、鎮定神經）、迷迭香茶（促進消化、緩和頭痛）、玫瑰香頌（滋肝補胃）、茉莉花茶（改善昏睡、焦慮）、香蜂檸檬茶（預防貧血）、洛神花茶（促進新陳代謝）、桂花香茶（緩和脹氣）等花草茶，是花草人文花園重要的特色。新研製的「花草冰淇淋總匯」，很受遊客喜愛；各式香草小火鍋、薰衣草香煎鮭魚等養生花草餐，淡遠的清香可以融入此地的氛圍，應是公路花園形象商圈的正確形象。

「花草人文」向前走幾步路，就是「長青花園咖啡」，一樓是千種花卉免費欣賞區，二樓供應咖啡、花草茶、花草餐，三樓展覽數百種台灣手工陶製品，設有親子教育館，是陶藝、彩繪、押花、組合、盆栽教學的好地方。最引人目不暇給的是大大小小的果凍蠟燭，押花夜燈、扇子、記事本、便條盒、手機吊飾、項鍊，美的組合。一樓的櫃台出售各種精油、精油香皀，小姐會介紹精油芳香療法，包括最常見的薰蒸法，最方便的吸入法、沐浴法、噴霧法，最麻煩的熱敷法，最累人的按摩法。

黃昏來到之前，我抵達「世外桃源」，這是我高中時代就曾參觀過的種苗園，那時的名字是「改良種苗場」，歷史久矣。那時還沒有關建公路花園，我常騎著腳踏車，從社頭火車站前面右轉小路，過平交道，經過墳場、紅毛社，到達田尾，找中學最好的朋友林勝利（他曾擔任國大代表），然後就在田尾的田埂上穿梭。如今，「改良種苗場」已由第二代的胡高偉、王雅玲夫婦經營，不只是種苗的栽培而已，配合時代的需要，更講究庭園景觀的規劃設計、施工，植物生態區教學觀摩，女主人還舉辦押花、創意盆栽示範、教學。這裡，恐怕是台灣最大的庭園咖啡，坐在這麼寬敞的花草天地，不僅是台北一張桌子四個咖啡杯的咖啡館自嘆不如，連台中人工流水穿越庭園、室內室外相通的庭園咖啡，也會覺得這才是眞正自然的庭園。

田尾，豈是一個「美」字、一個「香」字，所能了得！

後記：
放整座八卦山在心中

放一座山在心中，那是整整一座八卦山脈在心中迤邐、在心中穩穩坐大。

從小生活在八卦山的懷抱，奔馳於山的皺摺、坑谷、丘壑與坡地之間，既不覺其險，也不以為累，因為那是實實在在的生活，不能不服膺，不能不依循這樣的軌道履行。我們必須仰仗山裡的雜木作為柴薪；一年裡的水果維他命C，也只有龍眼、鳳梨、香蕉盛產的仲夏之日是唯一的補充期；龍眼、鳳梨得以豐收出售，是我可以繼續升學的唯一保障；甚至於生活之下小小的娛樂，樹下穿梭尋寶，樹梢攀爬呼嘯，連這，依然不能不在他寬廣的胸腹間策劃、潛伏，躍升、挺進。

那時我在山坳裡，小小的年紀「放心在一座山中」，不知道山有多大，世界有多詭異，田野最遠、最遠那一線，會是什麼植物守護著地的那一角，不知道天的另一角會有什麼樣的風雲在變幻？

直到數十年後，我停車在含羞草的右側，漫步於明道開闊的草坪，坐在蠡澤湖畔象徵白鷺鷥展翅欲飛的白色帳幕下，隱隱約約在我心中的那座山，隱隱約約，淡淡的煙霧裡，就在眼前浮著，有時清晰，有時又像夢境。我最常登上我在明道的秘密基地，開悟大樓頂樓東側陽台，那是俯視整個校園、整個彰化平原絕佳的所在，可以深深注視南方的綠野，可以傻傻地望著東方一抹情人的黑髮。這裡，我可以攬整整一座八卦山在心中，轉身又攬住彰化新的人文氣息在鼻端。我喜歡這個秘密基地，從這裡我又展開了夢幻與現實糾葛的彰化記憶，書寫我自己的區域地誌學。

從這裡，我可以感知八卦山台地坐臥在東，向西全面開展出大面積的沖積扇平原，直至最西側太陽西沉的台灣海峽；整個台地的地勢由南邊四百公尺的龍頭高度向北緩緩盤低，長達三十三公里的龍身都在我的視線內。當我向東眺望，我知道全長一八六．四公里台灣最長的河川濁水溪在八卦山台地南側，長度一一九．一公里的大肚溪在它的北側，兩溪流域之間是富庶的彰化平原，朋友說，這是前有照、後有靠，左青龍高於且長於右白虎的彰化地理哩！

從這個秘密基地，我「放一座山在心中」，也放一座山在書裡，向所有八卦山台地、八卦山腳下，濁水溪流域，八堡一圳、二圳旁，台灣海峽沿岸，曾經奔馳、吆喝的鄉親友伴宣告：重回白雲天，我開始書寫我的彰化地誌學了。《放一座山在心中》是從明道出發的、散文的彰化地誌學，其後還會有一冊冊向世界發聲的、關於詩的彰化地誌學！

我，正向八卦山、濁水溪奔跑過來。

世界，彰化正向你奔跑過去！

蕭蕭

寫於明道管理學院開悟大樓四一六研究室

F741	苦惱與自由的平均律（新詩）	陳　黎著	200元
F742	玉米（小說）	畢飛宇著	250元
F743	看地圖神遊澳洲（散文）	夏祖麗著	210元
F744	逃逸速度（散文）	黃國彬著	200元
F745	公主老花眼（散文）	廖玉蕙著	220元
F746	愛上圖書館（散文）	王　岫著	250元
F747	靠近　羅摩衍那（新詩）	陳大爲著	200元
F748	一頭栽進哈佛（散文）	張　鳳著	240元
F749	一首詩的誘惑（詩賞析）	白　靈著	230元
F750	第二十一頁（散文）	李家同著	220元
F751	九十四年散文選（散文）	鍾怡雯編	320元
F752	九十四年小說選（小說）	蔡素芬編	260元
F753	聲納——台灣現代主義詩學流變（評論）	陳義芝著	260元
F754	喇叭手（小說）	劉非烈著	230元
F755	偷窺——東華創作所文集Ⅰ（散文）	郭強生編	230元
F756	風流——東華創作所文集Ⅱ（文集）	郭強生編	260元
F757	談笑文章——夏元瑜幽默精選㈢（散文）	夏元瑜著	220元
F758	有一道河從中間流過（散文）	陳少聰著	250元
F759	漢寶德亞洲建築散步（散文）	漢寶德著 黃健敏編	300元
F760	善男子（新詩）	陳克華著	240元
F761	就是捨不得（散文）	郭強生著	220元
F762	爲了下一次的重逢（散文）	陳義芝著	250元
F763	你逐漸向我靠近（散文）	李瑞騰、李時雍著	210元
F764	紫蓮之歌（散文）	周芬伶著	240元
F765	迷・戀圖書館（散文）	王　岫著	250元
F766	放一座山在心中（散文）	蕭　蕭著	220元
F767	我看美國精神（散文）	孫康宜著	250元
F768	七個漂流的故事（小說）	洪米貞著	250元

九歌最新叢書

F715 容器（小說）	木子美著	220元
F716 上海之死（小說）	虹　影著	280元
F717 台灣棒球小說大展（小說）	徐錦成編	220元
F718 九十三年散文選（散文）	陳芳明編	320元
F719 九十三年小說選（小說）	陳雨航編	250元
F720 娑婆詩人周夢蝶（詩評）	曾進豐編	350元
F721 麗人公寓（小說）	唐　穎著	250元
F722 那些微小又巨大的人（小說）	劉震雲著	240元
F723 權力與美麗——超越浪漫說女性（評論）	林芳玫著	250元
F724 桂冠與蛇杖——北醫詩人選（新詩）	陳克華、湯銘哲編	(平)220元 (精)300元
F725 煮字爲藥（散文）	徐國能著	200元
F726 面對尤利西斯（評論）	莊信正著	260元
F727 咖啡和香水（小說）	彭順台著	220元
F728 砲彈擊落一個夢（小說）	歐陽柏燕著	220元
F729 以蟑螂爲師——夏元瑜幽默精選(二)（散文）	夏元瑜著	220元
F730 告別火星（散文）	柯嘉智著	200元
F731 請帶我走（小說）	張抗抗著	220元
F732 與星共舞（詩）	謝　青著	190元
F733 狂歡的女神（散文）	劉劍梅著	250元
F734 從兩個蛋開始（小說）	楊爭光著	300元
F735 與海豚交談的男孩（散文）	呂政達著	200元
F736 浮生再記（散文）	沈君山著	350元
F737 不負如來不負卿（散文）	周夢蝶著	240元
F738 密室逐光（小說）	李偉涵著	280元
F739 我的藝術家朋友們（散文）	謝里法著	240元
F740 孤獨的眼睛（散文）	龔鵬程著	250元

九歌文庫 766

放一座山在心中

作者	蕭蕭
責任編輯	胡琬瑜
發行人	蔡文甫
出版發行	九歌出版社有限公司 臺北市105八德路3段12巷57弄40號 電話／02-25776564・傳真／02-25789205 郵政劃撥／0112295-1
九歌文學網	www.chiuko.com.tw
印刷	崇寶彩藝印刷有限公司
法律顧問	龍躍天律師・蕭雄淋律師・董安丹律師
初版	2006（民國95）年11月10日
初版2印	2011（民國100）年12月
定價	220元

書號	F0766
ISBN-13	978-957-444-356-7
ISBN-10	957-444-356-6

（缺頁、破損或裝訂錯誤，請寄回本公司更換）

國家圖書館出版品預行編目資料

放一座山在心中／蕭蕭-- 初版.--臺北
市：九歌，民95
面；　公分.　--（九歌文庫；766）
ISBN 978-957-444-356-7（平裝）

855　　95018683